서점의 온도

서점의
온도

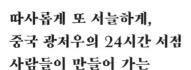

따사롭게 또 서늘하게,
중국 광저우의 24시간 서점
사람들이 만들어 가는

류얼시 지음 ✦

✦ 김택규 옮김

서문
8월의 마지막 날, 서점과의 이별

1200북숍 티위동로점에는 시류에 맞지 않는 낡은 책꽂이가 있다. 거기에는 붉은 바탕에 노란 글씨로 '紅楓葉'(홍풍엽)이라는 글자가 찍혀 있다.

홍풍엽서점에서 온 이 책꽂이는 사실 유물이다.

1998년 문을 연 홍풍엽서점은 광저우의 유명한 독립서점으로 인문사회과학 도서를 전문적으로 다루며 독자들에게 사랑을 받았다. 이상주의적 성향의 주인, 장량주 선생은 본래 은행원이었는데 책을 너무나 좋아한 나머지 은행을 그만두고 무려 16년간 열심히 서점을 운영했다. 그동안 많은 독자가 장 선생의 충실한 고객이 됐으며 홍풍엽서점도 광저우의 지식인이 가장 먼저 추천하는 서점이 되었다.

2008년부터 서점업계가 침체하면서 홍풍엽서점은 적자가 나기 시작했고 경영이 갈수록 어려워졌다. 하지만 장량주 선생은 결코 포기하지 않고 갖은 방법을 써서 홍풍 엽서점을 지키며 다른 수입으로 버텨 나갔다.

2014년, 장 선생이 급환으로 별세했다. 홍풍엽서점은 누적된 부채 때문에 인수할 사람이 없어 곧 사라질 운명에 처했다. 그 서점의 정신을 이어 가기 위해 우리는 장 선생이 남긴 책을 전부 인수하고 철거 현장에서 책꽂이 몇 개를 구해 냈다.

홍풍엽서점에 대한 존경의 표시로 우리는 그 책꽂이를 1200북숍에서 쓰기로 했다. 내가 쓴 『서점이 천국의 모습이길』이라는 책 제목도 장 선생을 기리기 위한 것이었다.

홍풍엽서점 인수 문제 때문에 나는 장 선생의 부인인 장 여사와 몇 차례 만났고 세상을 떠난 남편이나 집안 사정에 관해 이런저런 이야기를 나눴다. 장 여사는 말주변이 없고 대단히 소박한 성격이었으며 문예에는 문외한이었다. 책과 서점은 오로지 남편의 일이었을 뿐, 자기는 도울 수도 참견할 수도 없었다고 말했다. 서글픈 감정이 느껴지는 말이었다. 그녀의 수척한 몸과 희끗희끗한 머리칼에는 힘겨운 생활의 무게가 배어 있었다.

장 선생이 서점을 꾸리는 16년간 식구들은 풍족하게 지내지 못했고, 마지막 몇 년은 심지어 살림마저 축냈다. 그가 세상을 떠난 뒤, 그의 아내와 딸은 더 깊은 곤경에 빠지고 말았다. 장 여사에게 서점 일은 훌륭한 일이기는커녕 피해야 할 일이었다. 나중에 딸이 서점을 열려고 하면 어떻게 하겠느냐고 묻자, 그녀는 말리겠다고 했다.

그 순간, 나는 슬픔을 느꼈다.

당시 장 선생의 딸은 열다섯 살로 중학교를 갓 졸업한 상태였다. 아버지의 삶이 딸에게 어떤 영향을 주었는지, 또 그녀가 서점을 어떻게 생각하고 나중에 아버지가 힘들게 지탱한 서점을 다시 열 의향이 있는지 나는 전혀 알지 못했다.

하지만 이 훌륭한 일이 계승될 수 있기를, 전염병처럼 기피되지 않기를 마음속으로 간절히 바랐다.

그 후로 나는 설날에나 한 번씩 연락해 인사를 했을 뿐, 장 여사와 만날 일이 없었다. 그녀가 몇 번 1200북숍에 왔지만 역시 마주치지 못했다.

올 6월, 갑자기 장 여사가 전화를 걸어 와서는 딸을 여름방학 아르바이트생으로 써 줄 수 있느냐고 물었다. 딸이

막 수능이 끝나서 할 일을 찾아 주고 싶다는 것이었다.

그제야 나는 3년의 시간이 흘러 그 꼬마 아가씨가 벌써 열여덟 살의 성인이 됐다는 사실을 깨달았다. 중학교 졸업생이 곧 대학생이 되는 것이다. 나는 바로 입바른 소리를 하고 말았다.

"따님이 서점 일을 안 했으면 한다고 하시지 않았나요?"

장 여사는 전화기 저편에서 잠시 우물쭈물하며 답을 하지 못했다. 장 여사는 옛날 서점과는 전혀 다른 1200북숍의 새롭고 활기찬 모습을 보고 몇 번이나 찬탄을 했었다. 아마도 1200북숍이 장 여사의 마음을 바꾸고 서점에 품은 편견을 해소시켜 주었을 것이다.

나는 얼른 말을 돌려 장 여사에게 언제든 딸을 서점으로 보내라고, 잘 준비해 놓겠다고 했다.

전화를 끊은 뒤 나는 흥분했다. 마침내 닫혔던 문을 열 기회가 생겼기 때문이었다.

나는 1200북숍 각 부서의 책임자들에게 장 여사의 딸을 잘 돌봐 달라고 부탁했다. 그녀가 서점에서 일하는 두 달 동안 더 많은 수확을 거두고, 서점의 여러 가능성을 확인하고, 서점이 쇠퇴해 가는 존재가 아니라 얼마나 훌륭한 존재인지 알게 해 달라고 했다. 그녀가 서점을 사랑하게 되기를, 나아가 아버지 장 선생처럼 서점을 열고 싶은 마음을 품게 되기를 얼마나 바랐는지 모른다. 나는 홍풍엽서점이 지속되는 것이 장 선생의 소망이었음을 알고 있었다.

7월에 그녀는 우리 서점에 와서 일을 시작했다. 두 달이 빠르게 지나갔다. 8월의 마지막 날은 그녀가 서점에서 일하는 마지막 날이기도 했다. 사흘 뒤 그녀는 광둥재경대학에 가서 대학생으로서 새로운 삶을 시작할 예정이었다.

헤어지기 전에 나는 그녀와 그녀처럼 서점을 떠날 다른 아르바이트생을 불러 함께 사진을 찍었다.

그동안 단 한 번도 그녀에게 서점을 좋아하느냐고 묻지 않았다. 하지만 내 앞에서 늘 조심스럽고 어색해하던 그녀가 갑자기 힘껏 내 팔을 잡은 그 순간, 나는 답을 얻었다.

나는 믿는다. 8월의 그 마지막 날이 그녀가 서점에서 보내는 마지막 날일 리는 없다는 것을. 안녕, 다시 만나.

서점을 찾는 한국 독자들에게

우선 오해를 피하기 위해 1200북숍이 다 24시간 서점은 아니라는 사실을 밝혀 둬야겠다. 현재 광저우에 1200북숍은 모두 여섯 곳이 있지만 그중 세 곳만 24시간 영업을 한다.

텐허북로 460호에 위치한 텐허북로점은 24시간 문을 여는 곳이다. 주변에 주택 단지가 무척 많은데 그중 몇 군데는 한국인이 모여 사는 것으로 유명하다. 그래서 텐허북로점에 가면 한국인과 빈번히 마주치며, 특히 심야 시간에는 한국인으로 보이는 젊은이가 중국어 공부를 하는 광경을 보곤 한다. 그들은 중국에 녹아들며 중국과 한국 간 문화 소통의 교량이 되고 있다. 나는 그저 방관자로서 강가에 서서 그 교량을 바라만 보고 있다고 생각했는데, 뜻밖에도 나 자신이 교량의 나사못 하나가 되었다.

『서점의 온도』가 한국에서 출간된다니 고마운 마음이

든다. 한국 독자들이 서점을 매개로 중국을 들여다보며 중국을 보다 잘 이해하고 가깝게 느끼길 바란다.

그런데 내가 쓴 이 책이 곧 한국어로 번역된다는 것을 알았을 때 첫 느낌은 이랬다. 만약 1200북숍 근처에 사는 한국인들이 한국에 돌아가 한국 서점에서 그 번역서를 들춰 본다면 과연 어떤 반응을 보일까?

마침 며칠 전, 내 친한 친구 요요가 한국 남자와 결혼해 광저우를 떠나 한국으로 갔다.

한국에서 요요는 틀림없이 한국어로 번역된 이 책을 볼 것이다. 그러니 여기에서 그녀에게 안부를 전한다. 그리고 한국에서 즐거운 삶을 누리기를 기원한다.

아울러 광저우에 사는 한국인 독자들도 광저우에서 즐거운 삶을 누리기를 기원한다.

양둥, 서점의 아이

✦

"사람은 몇 가지 비밀을 감춰야 교묘하게 일생을 살
수 있을까?"

6대 달라이라마이자 시인인 창양 갸초가 쓴 시 한 구
절이다.

심야의 서점에서는 비밀과 비밀, 인생과 인생이 마주
친다. 이곳은 인간세상의 축도다. 낯선 사람들이 서로 마
주쳐도 어디에서 왔는지 묻지 않는다. 나는 많은 사람들을
즐겨 만나고 그들의 이야기를 아는 것을 행운이라 여기며
그들과 벗하며 몇 날 며칠을 보낸다. 그러고서 우리는 각자
의 사연을 지닌 채 이 인간세상에서 서로를 잊는다.

그런데 어떤 사람들은 운명적으로 잘 잊히지 않는다. 양둥이라는 아이도 그렇다.

그 애는 내게 1위안을 빚졌다.

✦

2014년, 광저우에서 24시간 서점을 열기로 결정했다.

그 전에 나는 류윈 구역에 카페 두 곳을 열었는데 운이 좋아서 가짜 문학청년들이 꿈에도 그리는 삶을 살게 되었다. 낮에는 책을 읽고 글을 쓰며 햇볕을 쬐고, 밤에는 담배를 피우고 술을 마시며 수다를 떨었다. 가끔씩 건축디자인 대학원에서 힘들게 밤을 새우며 도면을 그리던 시절을 떠올리면 꿈만 같았다.

내가 서점을 열 거라고 하면 친한 친구들은 당장 호들갑을 떨었다.

"서점을 연다고? 어젯밤에 술을 얼마나 마신 거냐? 너, 평생 읽은 책이 몇 권이나 돼?"

"거울은 보고 나왔냐? 술집이나 드나들게 생겨 놓고 서점을 연다고?"

사람이 못생겼으면 책을 많이 읽어야 하는 것이 진리

다. 결국 2014년 7월, 술집, 아니 서점을 개장했다. 왜 서점을 열었고, 왜 24시간 서점이어야 했고, 왜 이름을 1200북숍이라고 지었는지에 대해서 설명하자면 사연이 길다.

당연히 개장 직후에는 한동안 두려웠다. 제길, 진짜 밤에 사람이 아무도 안 오면 체면이 말이 아닐 텐데. 그러면 앞으로 어떻게 술집을 드나들지?

하지만 다행히도 밤에 오는 손님들의 숫자가 내 예상을 훨씬 넘어섰다. 매일 밤 수십 명이 서점에 와서 밤을 보냈다.

트렁크를 끌고 와서 "아침 비행기를 타려면 여기 와서 앉아 있는 게 편해요" 하고 진지하게 말하는 사람이 있는가 하면, 아예 옷 보따리를 싸 들고 오는 사람도 있었다.

한 영감님은 날마다 무료 독서공간에 앉아 프랑스어 사전, 러시아어 사전, 스페인어 사전 등 벽돌처럼 두꺼운 사전들을 연구했다. 머리가 온통 백발인 그는 그야말로 중국의 마르크스 같아서 보기만 해도 존경심에 마음이 숙연해졌다. 하지만 마르크스처럼 앉은 자리를 구멍 내기 전에 그는 다른 손님에게 신고를 당했다. 알고 보니 그 마르크스는 옆에 앉은 사람의 컵라면을 훔쳐 먹었던 것이다.

슬픔에 젖은 채 구석에 누워 있는 아가씨도 있었다. 그런 모습을 보면 다가가 어색하게 몇 마디 물어보지 않을 도리가 없다. 그녀는 남자친구와 싸우고 헤어졌다고 했다. 그런데 이 도시에 온 지 얼마 되지 않아서 갈 데가 없어 부득이 여기 와서 밤을 보낸다는 것이었다. "이 서점이 있어서 다행이에요." 그녀는 눈물을 흘리며 말했다. 나는 얼른 그녀를 위로하며 생각했다. 그래요, 있을 곳이 있어서 다행이네요.

이렇게 손꼽아 보면 빌어먹을, 적어도 수만 명은 우리 서점에서 잠을 청했을 것이다.

물론 낮에는 자동차의 물결이 끊이지 않고 밤에는 온갖 조명이 휘황찬란한, 인구 천만이 넘는 대도시 광저우에서 이것은 아주 소소한 일일 뿐이다. 그리고 그 천만 명은 쓰촨의 전통극 '변검'變臉*처럼 끊임없이 역할을 바꾸며 살아가고 있다. 아마도 그들은 오직 깊은 밤이 되어야만 '자기'라는 배역을 맡아 무대에 오를 기회를 가질 것이다.

운 좋게도 나는 한밤의 무대를 볼 수 있는 몇 안 되는 관객 중 하나였다.

그리고 진실과 거짓이 뒤섞인 다채로운 연극을 관람하면서 나는 마술적 리얼리즘이 단지 소설 속에만 있는 것이 아님을 깨닫기 시작했다.

---

* 얼굴에 쓴 가면을 극의 분위기에 따라 바꾸는 가면극.

"사람은 몇 가지 비밀을 감춰야 교묘하게 일생을 살 수 있을까?"라는 창양 갸초의 시구가 무슨 뜻인지 비로소 깨달았다.

서점은, 깊은 밤일수록 더 인간세상과 흡사하다. 낯선 사람들이 서로 마주쳐도 어디에서 왔는지 묻지 않는다. 나는 그들과 몇 날 며칠 밤을 동행하며 때로는 서로를 위로하는 것보다 서로를 잊는 것이 더 낫다는 이치를 이해했다.

하지만 아직 두 가지 의문이 남아 있다.

무료 독서공간에 앉아 있는 모든 분들, 그래도 살 만한가요?

서점에서 반년 넘게 머무르며 당신들은 대체 무엇을 하고 있죠?

✦

이 두 가지 의문에 다 해당되는 선구자는 양둥이었다. 서점을 연 지 얼마 되지 않았을 때였다. 나는 오가는 손님들 가운데 그 아이에게 눈길이 끌렸다.

열 살 남짓해 보이는 양둥의 얼굴은 사과처럼 동그랗고 두 눈은 가늘고 길었다. 눈썹은 성글고 코는 큼직하고 납작해 이마 높이와 똑같았다. 어쨌든 온순해 보이고 귀염성 있는, 악의라고는 전혀 없는 얼굴이었다. 그 애는 서점에 자주 드나들었고, 어느새 아주 많은 손님이 그 애만 보면 머리를 쓰다듬어 주려 했다.

"아유, 꼬마 아가씨, 너무 예쁘네. 몇 살이야?"

옆에서 듣고 있던 나는 하마터면 방금 마신 물을 뿜을 뻔했다. 하지만 양둥은 자기가 남자아이라고 해명하지 않고 씩 웃으며 답했다.

"열두 살이에요. 누나도 무지 예쁘세요."

나는 얼른 그 누나를 곁눈질했다. 엄마야, 누나는 무슨 누나. 그야말로 진짜 내 엄마가 되고도 남는 여성이었다. 내가 어이없어하는 사이에 그 꼬마 녀석은 이미 몇 마디 말로 그 '누나'를 홀려, 자기를 데리고 먹을 것을 사 주러 나가게 만들었다.

처음에 나는 그 애가 손님이 데리고 온 아이인 줄 알았다. 그런데 밤이 깊어진 뒤에도 그 애는 무료 독서공간에 앉아 책을 보고 있었다. 당연히 이상한 일이어서 나는 다가가서 물었다.

"꼬마야, 너 왜 집에 안 가니?"

"아저씨, 저도 이름이 있거든요. 양둥이라고 해요."

"……알았다. 양둥, 시간이 늦었는데 엄마 아빠는 어디 계시니?"

"엄마 아빠는 지금 집에 안 계세요."

이튿날 낮에 내가 다시 서점에 나왔을 때 양둥은 여전히 무료 독서공간에 앉아 있었다. 이번에는 휴대폰 게임을 하고 있었고, 옆에는 우육탕 사발면이 놓여 있었다. 휴대폰은 다른 손님에게 환심을 사서 빌린 것이었고 사발면은 아침에 '점장 형'이 쓰레기 버리는 일을 도와주고 얻은 것이었다.

나는 양둥의 높은 EQ에 탄복하며 슬쩍 떠보았다.

"학교는 여름방학이지?"

양둥은 게임에 집중하느라 건성으로 고개를 끄덕였다.

"숙제는 다 했고?"

양둥은 고개를 흔들었다가 다시 끄덕였다.

"부모님께 일러야겠다. 숙제는 안 하고 게임만 한다고."

"엄마 아빠는 집에서 마작 하고 있고요, 나보고 서점 가서 놀고 있으랬어요."

말을 마치고서 양둥은 뭔가 생각난 듯 휴대폰을 내려놓고 원래도 작은 눈을 가늘게 뜬 채 혀를 날름댔다.

"이봐, 남자끼리 좀 솔직해지는 게 어때? 말해 봐, 너 집이 없지?"

내 추궁에 양둥은 대뜸 반발했다.

"집 있거든요. 그냥 집에 가기 싫고, 또 갈 수 없는 것뿐이에요."

양둥은 갈 수 없는 이유에 대해서는 더 말하지 않았다. 그래, 24시간 서점을 운영하면서 남녀노소를 불문하고 오는 손님은 다 평등하게 대해야지. 게다가 양둥은 대부분의 시간을 책을 보며 보냈다. 책을 보기만 하면 누구든 존중받아야 한다는 것이 내 생각이었다.

그래서 더는 묻지 않기로 했다. 다만 양둥과 몇 가지 협정을 맺었다.

첫째, 밤에는 카페 공간에 있는 소파에서 자도 되지만 오전 11시에는 일어나야 한다.

둘째, 책을 베고 자다가 책장에 침을 흘리면 안 된다.

셋째, 다른 손님들에게 악취로 폐를 끼치는 일이 없도록 가끔 목욕도 하고 옷도 빨아 입어야 한다.

마지막이 가장 중요하다. 몰래 남성잡지 비닐커버를 뜯으면 안 된다!

그렇게 양둥은 비밀을 간직한 채 서점에 정착했다. 협

정을 맺은 뒤로는 더 자주 모습을 드러냈고 금세 나보다 더 많은 팬을 얻었다. 어떤 여성은 아침에 양둥이 아직 자고 있을 때 몰래 아침밥을 테이블에 두고 갔고, 어떤 커플은 양둥을 데리고 나가 분식을 사 줬다. 심지어 양둥을 집에 데려가 목욕을 시켜 주겠다는 사람도 있었다.

양둥은 직원들과도 잘 지냈다. 멍나 누나가 신발을 사 주자, 아이 누나가 경쟁이라도 하듯 옷을 사 주었다. 그러고서 나한테 비용 청구를 했는데 이유는 이러했다.

"세상에, 아이 옷이 그렇게 비쌀 줄은 몰랐네. 전 아이는 절대 안 낳을 거예요, 평생!"

나는 화가 나서 양둥을 찾아갔다.

"이봐, 아이돌. 나한테 비결을 전수해 줘야겠어. 언젠가 너 때문에 파산해도 너처럼 의식주 걱정은 안 할 수 있게 말이야!"

양둥은 아낌없이 가르쳐 주겠다면서 자신의 서점 밖 생존 기술을 이야기해 주었다.

그래서 나는 전자제품 대리점에서 공짜로 휴대폰과 PC 게임을 할 수 있다는 사실과 백화점이나 마트 시식코너에서 역시 공짜로 배를 채울 수 있다는 사실을 알았다. 또 정자상가 1층에서 가게를 하는 마음씨 좋은 주인은 양둥에게 아래위 세트로 옷을 선물해 주기도 했다.

텐허상가 6층에 있는 게임장 직원들은 전부 양둥의 오랜 친구였다. 가서 그 애 이름만 대면 이 사람 저 사람 다 와서 밥을 사 준다고 할 것 같았다.

이야기를 마치고 양둥이 손을 내밀며 말했다.

"2위안이에요. 라면 먹으려고요."

나는 5위안 지폐를 꺼내 주었다. 양둥은 호주머니를 뒤적여 꼬깃꼬깃하게 말린 지폐 한 장을 건네주며 말했다.

"거스름돈이 2위안밖에 없어요. 1위안 빚졌으니까 기억해 두세요."

"안 갚아도 돼."

그 애는 쏜살같이 문가로 달려가더니 갑자기 돌아서서 내게 허리를 숙였다.

"사장님, 고마워요. 꼭 갚을게요!"

✦

얼마 안 돼서 사고가 터졌다.

양둥은 어쨌든 어린애였다. 잘해 주면 바로 조심성을 잃었다. 나는 수시로 손님들에게 항의를 들었다.

"저 애 누구 애예요? 저렇게 떠드는데 단속을 안 하다니, 당신 아들이에요?"

나는 어쩔 수 없이 양둥을 불러 손님들 앞에서 공개 사과를 시키고 내 입장을 좀 생각해 달라고 부탁했다.

한번은 아이가 자기에게 먹을 것을 사 달라며 귀찮게 군다고 또 누가 나를 찾아왔다.

나는 다시 양둥을 불러야 했다. 이번에는 경찰에 신고해서 부모님을 찾아 데려가게 하겠다고 겁을 주었다. 양둥은 입을 꾹 다물고 이야기를 듣다가 불쌍하게도 눈물을 뚝뚝 흘렸다. 제길, 이 표정연기의 황제 같으니. 내 말이 다 끝나기도 전에 그 애의 이런저런 '누나'들이 몰려와 나를 포위했다.

"왜 애를 윽박지르는 거예요?"

"양둥이 당신을 건드리기라도 했어요? 애, 이리 오렴. 저 이상한 아저씨는 상관하지 마. 누나랑 나가서 달콤한 걸 좀 먹으면 진정이 될 거야."

내가 경찰에 신고할까 봐 양둥은 처음으로 신상에 관해 조금 털어놓았다.

자기는 엄마가 없고 계모가 있는데 밥을 전혀 안 챙겨 줬다고 했다. 그래서 아동구조보호센터에도 가 봤지만 바로 도망쳐 나왔다고. 양둥 말로는 거기는 '너무 무시무시한 곳'이었다.

이야기를 다 듣고서 나는 한동안 망설였다. 그 애가 한 말이 얼마나 진실인지는 판단하기 어렵지만, 조금이라도 진실이 섞여 있다면 그 애를 내쫓는 것은 역시 차마 못할 짓이었다.

내가 망설이고 있을 때, 방금 항의했던 그 손님이 다시 와서 말했다.

"저 애 말 믿으면 안 돼요. 꾀가 얼마나 많다고요. 나한 테 뭐라고 했는지 알아요? 서점에 무료 와이파이는 없지만 자기가 비밀번호를 안다고, 먹을 것만 사 주면 알려 주겠다 고 했다고요."

나는 결단을 내리고 양둥을 내쫓았다.

✦

양둥이 떠난 뒤, 나는 평온해지기는커녕 더 귀찮아 졌다.

우선, 일부러 양둥과 놀려고 찾아온 손님들이 내가 그 애를 쫓아냈다는 이야기를 듣고 앞다퉈 달려와 나를 냉혈

한이라고 비난했다.

"그 어린애를 어디로 가라고 내쫓은 거예요? 인신매매라도 당하면 책임질 수 있어요?"

와, 마치 내가 양둥의 후견인이라도 되는 것처럼 따졌다.

혼자 계속 중얼거리는 사람도 있었다.

"날이 이렇게 추워졌는데, 옷도 얇게 입었던데……."

더 심하게는 곧장 필살기를 날리는 사람도 있었다.

"흥, 당신도 애가 생기면 알게 될걸."

일리 있는 말이어서 나는 대꾸하지 못했다.

밤이 늦어 그들은 각기 집으로 돌아갔고 서점은 하루 중 가장 조용하고 평화로운 시간으로 접어들었다. 나는 창가에 앉아 컴퓨터를 켰다. 무슨 까닭인지는 몰라도 양둥과 있었던 이야기를 써 보기로 마음먹었다. 글을 쓰다가 이따금씩 창밖을 내다보았다. 어느덧 12월이었다. 요 며칠 광저우의 기온은 뚝 떨어져서 겨울의 초입에 들어서고 있었다. 밤이면 확실히 조금 쌀쌀했다.

생각이 끊기자 나는 멍하니 테이블 위에 놓인 메모장을 뒤적였다. 누군가 써 놓은 메모 하나가 폴짝 뛰어나오듯 내 시선에 들어왔다.

나는 광저우라는 이 도시에 친구가 한 명도 없다. 처음에 내가 이곳을 어떻게 찾게 되었는지는 생각나지 않는다. 아마도 인연이 아니었을까 싶다.

매일 저녁 나는 여기에서 새벽까지 머물며 조용히 책을 읽고, 마음이 어지러울 때는 꼬마 친구 양둥과 놀곤 한다. 나는 이 아이가 정말 좋다! 스물네 살의 나에게 이 공간은 너무 소중하다!

양둥에게 옷을 사 주었던 직원의 아이가 다가와 같이 야식을 고르자고 했다. 나는 고개를 끄덕이고 호주머니에서 돈을 꺼냈다. 꼬깃꼬깃한 2위안짜리 지폐가 나왔다. 양둥이 내게 준 바로 그 지폐였다.

"거스름돈이 2위안밖에 없어요. 1위안 빚졌으니까 기억해 두세요."

내가 넋 놓고 있는 모습을 보고 아이가 말했다.

"우리가 양둥을 찾아 데려올게요."

내가 망설이자 아이는 단호하게 한마디 보탰다.

"그거 아세요? 양둥이 얘기해 줬는데, 서점에서 자기 전에는 맥도널드나 KFC에서 잤대요. 그런데 어떤 변태놈

이 그 애가 여자애인 줄 알고 자고 있을 때 아래를 더듬었
대요……."

양둥이 내게 거리의 생존 기술을 전수해 준 것에 감사
하며, 우리는 알고 있는 단서에 의지해 짐작 가는 곳을 한
바퀴 돌았다. 그 애를 찾았을 때, 그 애는 반바지 차림에 신
문지로 다리를 휘감고 있었다.

도대체 나는 그 애의 삶에서 어떤 배역을 맡아야 하는
걸까? 도무지 답이 떠오르지 않았다. 그냥 그 애를 잡아 일
으키며 말했다.

"가자, 서점으로 돌아가자."

✦

며칠 뒤 다시 1200북숍에 들어섰을 때, 나는 눈앞에
펼쳐진 광경에 아연실색했다.

테이블 옆에 떡하니 앉은 양둥은 마치 부잣집 도련님
같은 자태였다. 왼손으로는 휴대폰 화면을 콕콕 찍으며 게
임을 하고, 오른손은 앞으로 내밀고 있었다. 그리고 젊은
이 몇 명이 그 애를 둘러싸고 손톱을 깎아 주고 있었다.

"제길, 이게 무슨 난리야?"

내가 소리를 지르자 젊은이들은 놀라서 움찔했다. 알고 보니 내가 인터넷에 올린 글을 보고 어느 대학교 학생들이 이웃사랑을 실천하러 득달같이 달려온 것이었다.

그렇다. 나는 양둥의 이야기를 썼다. 양둥이 결국 내게 자신의 이야기를 털어놓은 것이다.

양둥은 귀저우의 퉁런이라는 시골 마을에서 태어났다. 그 애의 생모는 생부의 두 번째 아내였다. 하지만 양둥을 낳은 지 얼마 안 돼 생모는 그 애를 버리고 집을 떠나 먼 타향에서 결혼을 했다.

예순이 훨씬 넘은 아버지는 결국 전처와 다시 합치기로 했다. 그런데 전처가 돌아오면서 아버지에게는 손자들이 생겼다. 전처의 자식인 양둥의 배다른 형들이 벌써 가정을 이뤄 아버지에게 손자를 안겨 준 것이었다.

한편 양둥의 생모도 장시에서 가정을 이뤄 또 아이를 낳았다. 그래서 양둥은 양쪽에서 존재감이 없어지고 말았다.

곧이어 생계 때문에 양둥의 부모는 광저우로 가서 2억이 넘는 중국의 농민공 대열에 끼기로 마음먹었다. 농민공의 천만 자녀 가운데 한 명이 된 양둥은 광저우의 빈민가에 살면서 인근 농민공학교에 다녔다. 아버지는 인력거

꾼으로 생계를 꾸리느라 아들을 돌볼 겨를이 없었으며 양둥이 뭐라고 불러야 할지 모르는 계모는 집에서 밥을 지어줄 생각을 하지 않았다. 그래서 양둥은 떠돌이 생활을 시작했다.

복잡한 신세 때문에 양둥은 보통 아이들처럼 자라지 못하고 거리를 떠돌게 된 것이다. 이야기를 다 듣고서 나는 조금 주저했다. 양둥을 다시 서점에 데려오기는 했지만 아이가 당연히 누려야 할 생활환경을 제공하기는 힘들었다. 만약 양둥의 사연을 인터넷에 올리면 그 애는 틀림없이 더 많은 이의 도움을 얻을 수 있을 것이다. 하지만 동시에 일상생활로 돌아가기가 더 힘들어질 가능성이 컸다. 자선이 사태를 더 악화시키는 계기가 될지도 몰랐다.

나는 양둥과 몇 차례 진지하게 이야기하며 의견을 물었다.

양둥이 애처로운 목소리로 말했다.

"저는 부랑아가 아니에요. 집이 있다고요. 그냥 안 돌아가고 싶을 뿐이에요."

"체면과 따뜻한 밥 중에서 뭐를 원하니?"

양둥은 잠시 생각하다가 조용히 "따뜻한 밥"이라고 말했다.

"그러면 너, 마음의 준비가 됐니?"

"됐어요."

과연 글을 올린 당일 밤, 누가 바지 한 벌과 밤에 덮고 잘 담요를 보내왔다. 그리고 방금 전 상황과 같은 우스꽝스러운 이웃사랑이 잇따랐다.

'개뿔, 이게 무슨 마음의 준비가 됐다는 거야!'

나는 속으로 욕을 하며 그 대학생들을 쫓아냈다. 다시 벽 너머의 테이블을 보니, 둘러앉아 마작을 칠 만한 숫자의 기자들이 진을 치고 있었다. 그들은 각자 신분을 밝히고는 아침 8시부터 서점을 지키며 내게 전화를 수십 통은 걸었지만 받지 않았다고 말했다. 나는 정오가 되어서야 잠자리에서 일어난 것이 생각나 무척 부끄러웠다.

인터뷰가 몇 차례 이어지면서 나는 앞으로 양둥의 삶에 큰 변화가 생기리라는 것을 깨달았다. 하지만 어떤 변화가 생기든 전부 내 결정에 달려 있었다. 기자들이 양둥을 시켜 그 애 부모에게 전화를 걸게 하라고 요구했지만, 나는 거절했다.

"자기한테 아무 관심도 없는 부모에게 이렇게 빨리 연락하는 것은 양둥이 바라는 결과가 아닐 거예요."

나는 마치 외교부 대변인이 영토 분쟁에 대해 발표하

는 것처럼 엄숙히 내 의견을 말했다.

기자들을 보낸 뒤, 나는 서둘러 양둥과 2차 내부회의를 열었다. 나는 그 애에게 눈을 부릅뜨고 말했다.

"양 도련님, 손톱 깎아 드릴까요?"

양둥은 고개를 숙인 채 한마디도 하지 않았다. 방금 기자가 한 말을 듣고서 자기 부모와 연락하는 일 때문에 불안해하는 것 같았다.

"부모님이 너를 데려가 줬으면 좋겠니?"

양둥은 힘껏 체머리를 흔들었다.

"그러면 요 근처 학원 선생님이 네가 학원에 와서 공부했으면 하시던데, 어때, 나랑 같이 가 볼래?"

양둥은 얼른 고개를 끄덕였다.

그렇다. 전날 밤 고민 끝에 나는 지금 양둥에게 필요한 것은 가정보다도 교육 그리고 또래 친구들이라고 생각했다. 양둥을 데리고 학원으로 걸어가는데 불현듯 10년 뒤의 내 모습이 눈앞에 보였다. 아이에게 더 좋은 교육을 시키겠다고 학군 좋은 동네에서 집을 구하려고 동분서주하는 내 모습이.

나는 아직 결혼도 안 한 몸인데!

이어서 나는 담임선생님에게 불려 간 학부모처럼 그

학원의 완 선생과 열심히 대책을 의논했다. 완 선생은 내가 생각했던 것보다 훨씬 더 진지했다. 양둥이 원하기만 하면 그곳에서 공부뿐만 아니라 숙식까지 제공하겠다고 했다. 그리고 평상시에는 서점에 있어도 좋지만 수업 시간에는 반드시 돌아와 공부를 해야 한다고 했다.

우리는 또 양둥에게 여러 가지를 간곡히 이야기했다. 옛날 내 부모님의 교육관을 줄줄이 외고 있는 내 모습에 나는 깜짝 놀랐다.

"너는 똑똑하니까 열심히 집중해서 공부하기만 하면 앞으로 할 수 있는 일이 많을 거야."

"어른이 돼서 먹고살 능력이 없으면 사기꾼이나 도둑놈이 될 수밖에 없어. 이 사회의 기생충이 되고 싶은 건 아니겠지?"

"사람이 학력이 모자라면 기술 하나라도 꼭 있어야 해."

양둥은 당장 학원에서 살기로 결정했다. 학원 규칙에 따라 수업도 받겠다고 했다. 사실 그 애가 학원에 들어서자마자 동화책이 가득한 책장에서 냉큼 한 권을 뽑아 들고 손에서 놓지 않는 모습을 보고 나는 벌써 일이 반은 성공한 것을 알았다.

이어서 양둥이 손을 흔들며 말했다.

"사장님 혼자 가세요. 저는 여기서 저녁 먹을래요."

두 시간 뒤, 양둥은 다시 서점에 나타났다. 그리고 단도직입적으로 말했다.

"손님이 선물한 담요 가지러 왔어요. 오늘 밤부터 학원에서 자려고요."

나는 이렇게 빨리 버림받고 마는 것인가?

양둥의 짐을 싸 주다 보니 대학에 들어간 자식을 떠나보내는 느낌이 절로 들었다. 물론 기뻤다. 어쨌든 그 애가 서점에 머무는 것은 장기적인 대책이 될 수 없었다. 그런데 좀 걱정스럽기도 했다. 그곳은 전문적인 선생님도 있고, 입에 맞는 세 끼 식사에 잠잘 곳까지 있어서 서점보다 훨씬 좋은 곳이기는 했다. 하지만 야성에 물든 그 아이가 과연 적응할 수 있을까? 그곳에 얼마나 오래 머물 수 있을까?

언젠가 길거리를 지나가는 초등학생들을 가리키며 양둥에게 저 애들이 부럽냐고 물어본 적이 있다. 그 애는 고개를 흔들었다.

"솔직히 말해 봐!"

양둥은 조그맣게 말했다.

"아주 약간요. 쟤들이 공부하는 건 부럽지 않은데요,

학교에 친구들이 많은 건 부러워요."

"아 그래, 가자, 가."

양둥을 떠나보내고 나는 잠자코 있자고 몇 번이고 다짐했다. 하지만 결국 실패했다. 이튿날부터 계속 완 선생에게 그쪽 상황을 물었다. 다행히 당장 들려오는 소식은 전부 긍정적이었다.

이튿날 낮에 양둥은 내내 얌전하게 학원에 있었다.

양둥은 뚱보라고 불리는 친구를 사귀었다. 뚱보는 양둥에게 가장 먼저 말을 걸어 주었을 뿐만 아니라 집에서 옷도 가져다주었다. 양둥은 아래위 다 새 옷으로 산뜻하게 갈아입었다. 두 아이는 금세 같이 놀기 시작했다.

점심에 밥을 지을 때, 양둥은 솥에 식초를 조금 부었다.

"이렇게 하면 밥이 더 맛있어진대."

하지만 밥을 먹을 때 식초 냄새가 나지 않아 그 애는 무척 의아해했다.

쉬는 시간에 양둥은 뚱보와 다른 남자아이 몇 명과 함께 광장으로 내려가 공놀이를 했다. 그 광경이 몹시 활기차 보였다.

열심히 공부하고 신나게 뛰노는 것. 아, 내가 너무 오래 해 보지 못한 것이었다.

나는 양둥에게 좋은 거처가 생긴 것을 다행으로 여겼다. 일이 이렇게 폭풍처럼 치달아 해피엔딩을 맞게 되었다. 하지만 왠지 이렇게 빨리 마무리될 리가 없다는 생각이 들었다. 그저 태풍의 눈 속에 있고, 암암리에 주변에서 바람과 구름이 거세질 준비를 하는 듯했다.

이런 엉뚱한 생각을 하고 있을 때 휴대폰이 울렸다. 또 완 선생이 보낸 문자였다.

"지난번 그 기자가 구호센터를 통해 양둥의 아빠를 찾았대요. 양둥을 데리러 온대요."

그 기자는 왜 그렇게 필사적이었을까?

✦

2016년 겨울은 그 전해보다 조금 따뜻했다.

광저우는 여전히 낮에는 자동차의 물결이 끊이지 않고 밤에는 온갖 조명이 휘황찬란했다. 서점도 여전히 24시간 문을 열었다. 달라진 점이라면 내가 서점 두 곳을 더 열었다는 사실이다.

나는 더 많은 사람을 재워 주게 되었다.

그날 나는 지난 몇 년과 마찬가지로 또 밤이 깊었을 때 서점에 들렀다. 1200북숍 티위동로점은 평소보다 더 시끌벅적했다. 일본 NHK와 중국 CCTV가 서점에 자리를 잡고 특집 프로그램을 찍고 있었기 때문이다. 그들은 서로 말도 섞지 않았다.

모두들 여전히 '변검'처럼 끊임없이 역할을 바꾸며 살아가는 이 대도시에서, 그날 밤 내가 맡은 역할은 서점의 대변인이었다. 나는 차례로 그들의 인터뷰를 받아 몇 가지 질문에 답했다.

"어떻게 24시간 서점을 열 생각을 했나요?"

"심야에 이곳에 오는 손님은 어떤 사람들이죠?"

"서점에서는 어떤 종류의 책을 파나요?"

나는 그들을 데리고 서점 안을 돌다가 되는 대로 책 한 권을 들어 보여 주었다. 앤서니 브루노의 『세븐』이었다. 표지를 보고 나는 잠깐 움찔했지만 지난 반년간 숱하게 했던 인터뷰 경험을 살려 얼른 대답을 마쳤다.

"기억나는 손님이 있으면 말씀해 주시겠습니까?"

보통 나는 그런 질문을 받으면 지금도 서점에 머물고 있는 방랑자 리 형님과 천수 그리고 다양한 괴짜들을 언급하곤 했다. 그런데 그날은 귀신에 홀렸는지 전혀 다른 사람을 입에 올렸다.

"이곳에 반년간 머무른 한 아이가 생각나는군요. 그 애는 제가 처음 서점을 열었을 때 오던 손님이었죠."

그렇다. 그 애는 바로 양둥이었다. 눈 깜짝할 사이에 2년이 지났지만 나는 아직도 사태가 급작스럽게 전개됐던 그 이틀이 생각난다.

그날 밤, 나는 씩씩대며 기자에게 전화를 걸었다. 그녀는 자기가 벌써 양둥의 아버지를 만났고 두 사람을 하루 이틀 안으로 만나게 해 줄 계획이라고 했다.

"두 사람이 만난 뒤에 양둥의 운명이 어떻게 될지 생각해 봤습니까?"

내 물음에 그녀는 이렇게 답했다.

"부자 상봉이죠."

"만약 양둥의 가정이 정말 그 애가 말한 것 같다면 그 애는 골방에 갇히거나 아예 귀저우의 시골로 보내질 가능성이 커요. 부자 상봉이 정말 행복한 결말이라고 생각해요?"

"이봐요, 걔 아빠는 벌써 여러 차례 그 애를 찾았고 그 애가 이 세상에 없는 줄만 알았어요. 그들도 그 애를 신경 쓴다고요."

"그 애를 돌려보냈는데 다시 가출하면 어쩔 거죠?"

"그러면 또 보도해야죠!"

나는 전화기에 대고 짐승처럼 소리를 질렀지만 그 내용은 생략하겠다.

결국 나는 힘이 빠져 양둥을 데려가게 하는 데 동의했다. 나는 후견인이 아니어서 그 애의 부모를 저지할 권리가 없었다. 다만 양둥이 돌아가서 관련 부서의 관리를 받고 더이상 학대를 받지 않도록 보장하라고 요구했다.

전화를 끊고 나자 내가 왜 이렇게 되었나 싶었다. 언제부터 이렇게 정이 많아졌을까.

양둥 때문에 마음이 괴로웠다. 그 애는 막 자기가 좋아하는 새 환경을 찾은 참이었다. 그런데 마치 내가 어릴 적에 샀던, 벌써 많이 녹은 아이스크림이 입을 대기도 전에 땅바닥에 떨어진 것 같은 상황이 되고 말았다.

나는 그 아이스크림이 땅 위에서 녹아 한 줌의 물이 될 때까지 빤히 보고 있을 수밖에 없었다. 얼마 안 돼 양둥의 아버지가 나타나 그 애를 귀저우 고향집에 훌쩍 데려다 놓았다. 양둥은 마침내 더는 떠돌 필요가 없게 되었다. 그 애의 아버지와 계모는 그 후에도 계속 광저우에서 살았고, 배다른 형이 고향 부근의 읍내에서 일을 하며 그 애를 돌봐 주기로 했다. 이것이 이 이야기의 개운치 않은 결말이다.

　1년 전, 내가 양둥에게 새해 선물을 보내자고 제안했다. 다들 왁자지껄 한참을 논의했다. 누구는 귀저우가 겨울이 무척 추워 적응하기 힘들 테니 보온병을 보내자고 했고, 또 누구는 그 애가 추리소설을 좋아했던 것이 떠올라 『세븐』을 선물하자고 했다.

　나는 이제 알아서 공금으로 일을 처리하는 데 익숙했으며 선물에 넣을 편지도 썼다.

　"열심히 공부해라. 나중에 서점에 와서 일해도 좋아. 그러려면 빨리 커야겠구나. 어느 날 서점이 문을 닫고 나도 세상을 떠돌지 모르니까."

　아마도 양둥은 광저우를 떠돌던 시절, 자기가 가장 마지막으로 또 가장 길게 머물렀던 안식처를 그리워할 것이다. 사실 나는 그 애가 이 모든 것을 이미 까맣게 잊었으면 하는 마음이 더 크다. 그건 그 애가 지금 괜찮은 삶을 살고 있다는, 그 애를 아껴 주고 돌봐 주는 사람이 많이 생겨 다른 보통 아이들처럼 착실하게 성장하고 있다는 의미일 테니 말이다.

　사람은 몇 가지 비밀을 감춰야 교묘하게 일생을 살 수 있을까? 인터뷰가 끝났을 때는 이미 자정이 넘었다. 밤의 장막 아래, 새로운 하루는 몇 년 전의 여느 날과 아무 차이가 없는 듯했다. 나는 언젠가 양둥에게 5위안짜리 지폐를 줬던 일이 생각났다. 그 애는 쏜살같이 문가로 달려가더니 갑자기 돌아서서 내게 허리를 숙였다.

"사장님, 고마워요. 꼭 갚을게요!"

양둥, 너, 내게 1위안 빚진 거 아직도 기억하니?

✦

장 여사, 서점이 천국의 모습이길

✦

내가 서점을 열지 않았다면 아마 이 광저우에 홍풍엽서점이라는 곳이 있고 이미 16년을 버텨 왔다는 사실을 몰랐을 것이다. 그리고 홍풍엽서점을 몰랐다면 이 이야기의 주인공, 장 여사를 알게 되지도 못했을 것이다.

맨 처음 내게 홍풍엽서점이란 곳을 알려 준 사람은 1200북숍에서 일하는 아르바이트생 진핑이었다. 그녀는 예전에 홍풍엽서점에서 일했던 적이 있고, 그래서 나는 홍풍엽서점이 광저우에서 오랫동안 운영돼 온 독립서점이며 광저우서적센터 6층에 있다는 것을 알게 되었다.

사실 막 서점을 열었을 때 나는 광저우의 기존 서점들,

특히 오래된 서점에는 별로 신경을 쓰지 않았다. 오프라인 서점이 사라지는 상황에서 우리에게 대부분의 기존 서점은 그리 참고할 만한 가치가 없었다. 당시 내가 자주 들르는 서점은 네다섯 곳밖에 없었고, 나는 줄곧 내가 생각해 오던 서점을 꾸리고 있었다.

9월에 1200북숍 우산로점을 준비하고 있을 때, 광저우서적센터는 마침 리모델링 공사를 시작하려 했고 그 안의 많은 민영 서점들은 어쩔 수 없이 터를 옮겨야만 했다. 그때 진펑이 갑자기 전화를 걸어 와 홍풍엽서점이 폐업하니 책꽂이를 무료로 가져가지 않겠느냐고 물었다.

진펑이 보내 온 사진 속 낡은 책꽂이들은 내가 만들려는 서점 분위기와는 어울리지 않았기 때문에 완곡한 말로 거절했다.

그런데 며칠 뒤에 진펑이 다시 전화를 걸어 와 인수할 사람이 없어서 그 책꽂이들이 폐기 처분될 것 같다고 했다.

"그 서점은 완전히 문을 닫나요? 나중에 다시 열 계획은 없어요?"

진펑은 그렇다고, 홍풍엽서점은 없어질 거라고 대답했다. 홍풍엽서점은 몇 년간 경영난을 겪은 데다 엎친 데 덮친 격으로 주인인 장량주 선생이 8월에 갑자기 세상을 떠나고 이어받을 사람도 없어서 이제 완전히 문을 닫아야 할 처지라는 것이었다.

그 말을 들으니 마음이 좀 안 좋아서 가서 살펴보겠다고 답했다. 이튿날 오후에 훙펑예서점에서 장 여사를 만나기로 했다.

나는 복잡한 심정으로 서적센터 6층으로 갔다. 온 사방이 황량했고 사람들이 비우고 간 자리에서 인부들이 일할 준비를 하고 있었다. 이제 이곳은 금세 처참한 철거 현장이 될 터였다. 한편 훙펑예서점의 유리문은 굳게 잠긴 채 '금일휴업'이라는 팻말이 걸려 있었다. 그 팻말은 지난 1년간 거의 날마다 걸려 있었다고 한다. 팻말 귀퉁이에는 손으로 쓴 전화번호가 적혀 있었다.

조금 있으니 장 여사가 왔다. 16년이나 서점을 운영한 주인의 아내인만큼 어느 정도 배운 사람 티가 날 줄 알았다. 하지만 눈앞의 그녀는, 사람들 속에 있다면 누구도 그녀를 서점이나 책과 연관시키지 못할 것 같았다. 또한 몹시 수척해 보였고 걸음걸이가 느렸으며 온몸에서 삶의 고단함이 느껴졌다. 얼굴에 가득한 피곤한 표정만 봐도 그녀의 하루하루가 무척 고생스럽다는 것이 빤히 드러났다. 그녀가 몸을 굽혀 자물쇠를 열 때, 벌써 반백이 된 머리칼이 눈에 들어왔다.

그녀는 문을 열어 주러 일부러 온 것이었다. 서점으로 들어가서 그녀는 문가의 네모난 걸상에 말없이 앉아 있었고, 대신 진펑이 꼭 중개인처럼 쉴 새 없이 떠들었다. 가게 안의 물건을 내가 모두 가져가 주었으면 좋겠다고 했다. 새로 여는 서점에는 이미 다른 물건을 둘 만한 자리가 없었지만 나는 궤짝 몇 개를 가져가기로 했다. 가게 안에 흩어져 있는 쇼핑백 겉면에는 '홍풍엽서점'이라고 찍혀 있어서 에둘러 거절했다.

나는 슬쩍슬쩍 장 여사를 살폈다. 곧 사라질 서점을 계속 둘러보던 그녀는 몇 가지 물건을 주시하며 무언가 생각에 잠긴 듯했다. 그것이 그녀가 과거와 헤어지는 방식이라는 생각이 들었다.

저녁에 집에 돌아오자 그 스산했던 광경과 장 여사의 피곤한 얼굴이 계속 머릿속을 맴돌았다. 나는 홍풍엽서점과 주인 장 선생의 과거를 검색하기 시작했다.

은행원이었던 장 선생은 1998년에 퇴사해 홍풍엽서점을 열었다. 그는 책을 향한 뜨거운 사랑과 이상주의적 열정을 품은 사람이었다. 몇 번의 고비를 넘으며 16년간 끈질기게 홍풍엽서점을 경영했고, 서점의 모든 일을 몸소 보살

피며 좋은 평판을 얻었다. 많은 독자들이 장 선생의 충실한 고객이 되었으며 홍풍엽서점은 광저우 지식인들이 가장 좋아하는 서점으로 꼽히곤 했다.

장 선생은 서점 경영에서는 사회적으로 인정받았지만 너무 일에만 정력을 쏟은 탓에 가정은 잘 돌보지 못했다. 심지어 경제적으로도 그랬다. 장 여사는 틀림없이 원망이 많았을 것이다. 장 여사는 자기 힘으로 살림을 꾸려야 했지만 그래도 남편의 이상을 존중하여 그가 계속 책과 벗하며 살아가게 놔두었다.

하늘은 공평하지 못했다. 끈질긴 이상주의자이면서 더없이 성실했던 그 호인은 중년의 나이에 그만 세상을 하직했고, 의지할 데 없는 아내와 딸만 남겨 사람들을 탄식하게 만들었다. 몇몇 애도문을 읽어 보니 홍풍엽서점이 계속 이어지는 것이 장 선생의 간절한 꿈이었다. 막 서점업계에 발을 들인 후배로서 나는 능력이 닿는 한 장 선생의 꿈이 이뤄지도록 돕고 싶었다.

그래서 나는 한 가지 결정을 내렸다. 준비 중인 1200 북숍 우산로점을 홍풍엽서점의 후신으로 만들기로 했다.

밤새 뒤척이며 잠을 이루지 못했다. 이튿날 아침, 나는 다시 서적센터 6층으로 달려갔다. 너무 늦지는 않았는지, 철거 인부들이 서점 안의 물품을 싹 치워 버리지는 않았는지 걱정이 됐다. 도착해 보니 전날 짐차가 너무 작아 가져가지 못했던 궤짝 두 개는 벌써 사라지고 없었다. 하지만 홍풍엽서점 이름이 찍힌 쇼핑백은 아직 남아 있었다. 나는 쇼핑백을 모두 모아 종이 상자에 넣었다. 나중에 이 쇼핑백만 세상에 유통되더라도 홍풍엽서점은 완전히 소멸한 것은 아닌 셈이라는 생각이 들었다.

떠나기 전, 나는 텅 빈 서점을 둘러보았다. 천장에 단풍잎 몇 점이 걸려 있었다. 나는 그것들을 집어 내렸다. 표구를 하거나 액자에 넣어 새로운 서점에 걸어 놓고 홍풍엽서점을 회고하는 표식으로 삼을 생각이었다. 장 선생을 향한 경의와 선생의 이상주의를 이어 간다는 의미도 담아서 말이다.

나는 장 여사에게 장 선생이 남긴 책을 몽땅 인수하고 싶다고 밝혔다. 정가 총액이 10만 위안에 가까웠다. 모두 인문사회과학 책이라고만 알고 있을 뿐 제목조차 잘 몰랐지만 책에 대한 장 선생의 마음씀씀이가 품질 보증서였다. 나는 장 여사에게 가격을 제시하라고 하면서 흥정은 하지 않겠다고 덧붙였다. 내 제안이 뜻밖이었는지 장 여사는 잠시 대답을 못 하고 있다가 친구와 좀 상의해 보겠다고 했다.

하루가 지나서 장 여사의 친구가 전화를 걸어 와 정가의 70퍼센트에 팔겠다고 말했다. 나는 조금 놀랐다. 사실 도매상과 출판사의 공급가는 모두 70퍼센트 이하에 반품도 가능했다. 상대방은 설명하길, 장 여사 형편이 어렵고 장 선생이 밀린 월세만 6만 위안이 넘는 데다 다른 빚도 있어서 이미 집이 저당 잡힌 상태라는 것이었다. 게다가 식구라고는 여자들뿐이고 딸은 막 고등학교에 입학하는 처지이므로 그들을 좀 도와줬으면 좋겠다고 했다.

나는, 우리 서점에는 투자자가 많고 나는 다른 주주들에게 책임을 져야 하는 입장이므로 그들과 상의를 좀 해야겠다고 말했다. 하지만 잠시 생각한 뒤, 다른 사람들과 상의하지 않고 그 70퍼센트 조건에 동의하기로 했다. 나는 '변명거리'를 생각해 두었다. 온정은 우리 1200북숍의 경영 이념이며, 주주라면 누구나 이 이념에 따라 줘야 한다고 설명할 작정이었다.

세부 협의를 위해 1200북숍 티위둥로점에서 장 여사를 다시 만났다. 서점과 카페와 문구점이 결합된 1200북숍의 모습과 적지 않은 손님들을 보고서 장 여사는 생전에 장 선생이 책에만 집착하고 다원화 경영을 꺼렸던 것을 한

탄했다. 어려운 집안 사정과 부채 이야기가 나왔을 때, 나는 매체의 보도를 빌려 사회적인 도움을 받을 수 있다고 말했다. 하지만 장 여사는 바로 거절했다.

"기자가 찾아오면 우리 딸아이 생활이 방해를 받을까 걱정돼요. 또 그런 도움을 받은 걸 알고 빚쟁이가 찾아와 빚 독촉을 할까 무섭기도 하고요."

그녀의 놀라고 두려워하는 눈빛을 보고 나는 얼른 그 제안을 접었다. 그리고 최대한 장 선생의 가정을 도울 수 있는 절충 방법을 찾기로 했다. 나는 새 서점이 문을 여는 첫 달에 홍풍엽서점이 남긴 책들을 전시해 정가로 판매하고, 30퍼센트의 이윤도 장 여사에게 넘기겠다고 했다.

월세가 밀린 탓에 재고 도서는 서적센터에 차압당한 상태였다. 창고 공간만 차지하던 그 책들의 임자가 드디어 나타난 데다 월세까지 회수할 수 있게 됐다는 소식을 듣고서 서적센터 측은 득달같이 책들을 가져다주었다. 나는 그 자리에서 책값을 지불했는데 그중 90퍼센트 이상이 곧장 서적센터 계좌로 들어갔다. 밀린 월세였다. 모든 서점 물품을 처리하고 나서 장 여사의 호주머니로 들어간 돈은 5천 위안도 채 되지 않았다. 사람들을 다 보내고 나서 나는 장 여사에게 물었다.

"서적센터도 여사님 댁 사정을 알고 있었을 텐데, 설마 월세를 조금도 안 깎아 줬나요?"

그녀는 어깨를 한 번 으쓱하고는 쓴웃음을 지었다. 그리고 헤어지기 전에 내게 말했다.

"집에 서점 물건이 더 있어요. 와서 가져가셔도 돼요."

며칠 뒤, 나는 그녀가 알려 준 주소를 찾아갔다. 장 여사의 집은 지은 지 삼사십 년은 족히 넘어 보이는 서민 아파트였다. 내부는 소박했지만 깔끔하게 정리되어 있었다. 거실 벽에는 장 선생의 흑백사진이 걸려 있었는데 머리숱이 많고 두 눈이 형형하게 빛났다. 장 여사는 죽은 남편 이야기를 하는 것을 꺼리지 않았다.

"우리 딸이 어릴 적에, 도서 시장이 지금처럼 힘들지 않았을 때, 아빠 따라 같이 짐을 가지러 가곤 했지요. 택시를 탈 수 있다고 좋아했어요. 그때마다 남편이 걔가 좋아하는 책을 몇 권씩 사 줘서 더 좋아했죠."

내가 물었다.

"따님은 서점에서 어린 시절을 보냈고 좋은 기억도 많은데, 만약 나중에 따님이 서점을 열고 싶어 하면 찬성하시겠습니까?"

장 여사는 힘없이 고개를 흔들었다.

새 서점이 문을 연 지 한 달이 지났다. 나는 약속했던 대로 홍풍엽서점에서 인수한 책 판매액의 30퍼센트를 장여사에게 보내야 했다. 전화를 걸었더니 그녀는 직접 딸을 데리고 방문해 감사 인사를 하고 싶다고 했다.

이튿날, 서점 문 앞에 나타난 모녀의 손에는 귤 한 봉지와 커다란 포도 두 송이가 들려 있었다. 말주변 없는 장여사의 순박한 감사 표시였다. 나는 사양하지 않고 그 자리에서 씻어 테이블 위에 놓고 두 사람과 함께 맛을 보았다. 갓 고등학생이 된 장 여사의 딸은 수줍음을 좀 탔다. 장 여사는 딸에게 말했다.

"아빠 책은 다 위층에 있어. 가서 한번 보렴."

딸은 위층에 올라갔다. 벽에 가득한, 홍풍엽서점의 이름이 찍힌 책꽂이를 보면 그녀는 어떤 심정이 들까. 상상이 잘 안 갔다.

또 어느 날 서점에 갔는데 뜻밖에도 장 여사가 와 있었다. 무슨 용무가 있어 온 줄 알았는데 그녀는 얼른 손사래를 쳤다.

"그냥 지나가다 들렀을 뿐이에요. 신경 쓰지 마시고 일 보세요."

그녀는 2층에 올라가 홍풍엽서점의 이름이 찍힌 책꽂

이를 하나하나 뜯어보고, 한때 무수히 남편의 손을 거친 책들을 살며시 어루만졌다. 문득 그날이 장 선생의 기일이 아닐까 싶었다.

만약 이승과 저승의 구분이 있다면 서점이 바로 그 경계일 것이다. 보르헤스는 "서점이 곧 천국의 모습"이라고 말한 바 있다. 나는 천국이 곧 서점의 모습이면 좋겠다. 이렇게 책꽂이 앞에 서기만 하면 지금 저 세상에서 장 선생이 어떨지 상상할 수 있다. 그는 누구보다도 행복하게 자신의 낙원에서 살아가고 있을 것이다. 그렇다면 장 여사 마음도 좀 더 편안해지겠지.

아광, 서점의 소파객

1년 전의 나 자신에게

1년 전, 그러니까 2013년 5월 26일, 대학교 2학년 2학기를 보내던 너에게는 오랜 꿈이 있었지. 그때 너는 너 자신에게 말했어. "아광, 너도 히치하이킹으로 중국 일주를 할 수 있어. 너는 뼛속 깊이 자유분방한 사람이잖아. 네 세계 안에서 네가 할 수 없는 일은 없어."

그러고서 너는 인터넷 '하얼빈 카페'에 정신없이 글을 올렸어. 함께 미쳐서 여행을 떠날 친구를 찾는다고. 그때 너는 옆에 있던 친구에게 그 얘기를 했다가 아마 비웃음만 샀지……. 그런데 누군가 너와 함께하겠다고 댓글을 달았어.

둘은 정신없이 대화를 나눴지. 서로 가고 싶은 데가 달라 결국 흐지부지되긴 했지만 말이야. 그해 6월, 너는 실수로 다쳐서 수술을 받았고 집에 무려 석 달이나 누워 있었어. 조심하지 않다가 수술 부위가 벌어졌잖니······. 나중에 너는 베이징에 가서 인턴 생활을 했는데, 1만 위안을 모으자 또 자신에게 말했지. "꿈꾸던 일을 아직 못 했으니 이 돈을 다 쓰고 다시 돈을 벌자." 2014년 6월 12일 졸업을 하고, 지금 2014년 12월 12일까지 벌써 여섯 달 동안 여행 중이야. 전에 인터넷에 올린 글을 보니 절로 웃음이 난다······. 고향의 부모님과 친척은 곧 설이 되면 뵙겠구나······.

✦

문에 들어서자마자 "형님" 소리가 들려왔다. 동북 지역의 진한 사투리가 느껴지는 한마디였다. 곧이어 키가 180센티미터쯤 되는 청년이 자리에서 벌떡 일어나 다가왔다.

눈앞의 청년은 검은 스웨터에 빛바랜 청바지를 입고 목에는 염주를 걸고 있었다. 바닥에 놓인 65리터짜리 대형 배낭과 그가 바로 연결되었다. 며칠 전 점장이 중국 일주 중인 청년을 재우게 됐다고, 벌써 반년 넘게 여행 중인 청년이라고 말했던 것이 떠올랐다. 과연 그 친구는 요 며칠 서점의 소파방에서 묵고 있는 진정한 배낭족 아광이었다.

동북 사투리를 쓰는 아광은 동북부에서 오기는 했지만 동북3성省* 사람은 아니었다. 동북 지역에는 사실 동북3성 외에도 네이멍구자치구의 츠펑, 퉁랴오, 싱안멍, 후룬베이얼까지 포함되는데, 그의 고향은 후룬베이얼이었다. 그곳은 산둥성과 장쑤성을 합친 것과 맞먹는 어마어마하게 넓은 지역이다.

하지만 너무 넓은 탓에 그 지역에서 가장 아름다운 초원으로 손꼽히는 '후룬베이얼 초원'은 그조차 가 본 적이 없었다.

더 재미난 것은 중국 일주를 절반이나 했는데도 그가 자기 고향이 속한 네이멍구의 성도省都인 후허하오터에는 못 가 봤다는 사실이다. 후룬베이얼에서 후허하오터까지는 기차로 40시간 가까이 가야 했고, 오히려 헤이룽장성의 성도 하얼빈이 더 가까웠다. 아광은 기차로 '10시간밖에 안 걸리는' 그 도시에서 대학을 다녔다.

평생을 고위도 지역에서 살았으니 당연히 북방의 풍경만 눈에 익숙했을 것이다. 그러다가 여행채널 다큐멘터리에서 본 남방의 경치가 그를 사로잡았다. 이 동북 출신 청년이 가장 가 보고 싶었던 곳은 뜻밖에도 항저우였다.

> 푸른 산에 끝없이 누각이 펼쳐졌는데
> 서호의 가무는 언제나 그칠 것인가
> 따뜻한 바람은 향기로워 여행객을 취하게 하여
> 항주*가 변주**인 줄 알게 하네

남송의 애국시인 임승의 이 시는 정치적 풍자를 담고 있지만 그에게는 항저우의 분위기를 물씬 풍기는 시로만 읽혔다. 그리고 백사白蛇의 전설은 더더욱 그가 항저우의 서호西湖를 동경하게 만들었다.

하지만 하얼빈에서 항저우까지 기차표가 얼마인지 검색하고 나서 그는 생각을 접었다.

나중에 그는 류창의 베스트셀러 『히치하이킹으로 베를린까지』搭車去柏林를 보고 중국 일주의 희망이 머릿속에 싹트기 시작했다. 그래서 앞에 인용한 '1년 전 나에게 보내는 편지'에 적힌 것처럼 대학교 2학년 때 인터넷 카페에 함께 항저우에 갈 친구를 구한다고 글을 올렸지만 불행히도 꿈은 이뤄지지 않았다.

---

* 杭州, 항저우의 한자 이름.
** 汴州, 북송의 수도.

졸업을 코앞에 두자 더 미뤄서는 안 된다는 생각이 들었다. 더 미룬다면 아예 나중이라는 것이 다시는 없을 것만 같았다.

2014년 6월 12일 교문을 나선 순간부터 그는 직장에 들어가는 대신 의연히 배낭을 짊어지고 기나긴 졸업여행을 시작했다. 일정표도 시간표도 없는 그 여정은 혼자만의 축제이자 온 세상과의 만남이었다.

"네가 어디론가 가고 싶다면 온 세상이 네게 길을 열어 줄 거야."

✦

아광은 고개를 들어 하늘을 보았다. 이른 아침의 밝은 햇빛이 사방에 넘실거렸다. 평소와 다름없는 하루 같았다. 하지만 이때 아광은 이미 하얼빈에서 수백 킬로미터나 떨어진 어느 작은 군의 고속도로 요금소 의자에 앉아 꽈배기와 콩국을 먹고 있었다.

그 후로 반년 동안 그는 주로 히치하이킹을 하면서 방문지 명단을 늘려 나갔다. 베이징, 타이안, 뤄양, 시안을 거쳐 남서쪽 윈난성, 귀저우성, 쓰촨성의 12개 도시를 돌아다

넜고 그다음에는 남하하여 후베이성의 샹양, 우한, 징저우 그리고 후난성의 창사, 샹탄, 천저우에 이르렀다. 지금 와 있는 광저우는 그의 발길이 닿은 최남단 도시였고, 여기에서 그는 1년 전의 자신에게 보내는 편지를 썼다.

가다가 머물다가, 또 머물다가 가다가 하면서 항저우와의 거리는 갈수록 멀어졌다. 경찰차를 탄 적도 있고, 링컨 콘티넨탈을 탄 적도 있고, 관용차를 탄 적도 있다. 그를 태워 준 운전기사, 여관에서 일을 거들 때 알게 된 흥미로운 사람, 차비를 벌려고 노점을 하면서 마주친 행인의 이야기가 그의 커다란 배낭에 꽉 찼다. 이야기를 하면서 그는 너털웃음을 터뜨리곤 했고 중요한 대목에 이르면 크게 손짓발짓을 했다. 초원 사내의 기상과 현란한 말솜씨에 반한 점장은 즉석에서 서점의 심야 좌담회에 게스트로 와 달라고 청했다. 그날 밤, 나도 좌담회에 가서 낯선 사람들 사이에 끼어 그의 입담을 감상했다. 한마디로 "배낭족의 세상에는 낯선 사람이란 없었다."

✦

잘 곳을 찾기 힘들었던 수많은 밤에, 아광은 독보적

인 이야기 솜씨 덕분에 남의 집 소파 하나를 차지할 수 있었다.

원난성 리장에서 그는 석 달을 머물며 각양각색의 신기한 사람들을 사귀었다. 글 솜씨가 뛰어난 은행원도 있었고, 팝핀댄스를 추는 환갑 노인도 있었고, 기타를 치며 민요를 부르는 가게 주인도 있었다.

그리고 다리 지역 사쯔란뭐 사원의 50대 제자로서 『묘법연화경』을 술술 외우던 쑨 형도 있었다. 햇살 좋은 어느 날 오후, 아광은 리장에서 좌판을 벌이다가 옆자리에 좌판을 차린 쑨 형을 만났고 그와 한나절을 쉬지 않고 이야기를 나눴다. 날이 저물었는데도 흥이 식지 않아 두 사람은 아예 함께 물건을 팔기로 했다. 그래서 불가의 제자와 정처 없는 여행자는 리장의 돌다리 옆에서 찰랑찰랑 탬버린 소리가 울려 퍼지는 가운데, 오가는 여행객들에게 시솽반나*산 터키석 팔찌의 신기한 효능을 차근차근 설명했다. 그 말을 듣고 나니 리장까지 와서 그 팔찌를 안 사면 큰 손해를 보는 것만 같아서 다들 홀린 듯이 돈을 치렀다.

그 인연을 기념하기 위해 아광은 쑨 형에게서 염주를 하나 사서 목에 건 채 리장을 떠났다. 그 뒤로 이틀에 걸쳐 도보 6킬로미터를 걷고 여덟 번의 히치하이킹으로 루구호

---

* 윈난성 최남단에 위치한 다이족(傣族) 거주지.

에 이르렀다. 중간에 비가 내리기 시작하자 빗방울이 차창 위에 흘러내리며 불규칙한 선을 남겼고 먼 곳의 안개 낀 산봉우리는 아직 닿지 못한 피안처럼 보였다. 그는 여러 곳에 내리던 비를 떠올렸다. 초원의 비, 바다의 비, 국도의 비, 먼 곳의 비. 문득 이별을 고할 때가 됐다는 생각이 들었다.

"인연이 되면 또 만나요"는 그가 여행길에서 가장 많이 한 말이었다. 아광은 다시 자신의 묵직하고 커다란 배낭을 지고 루구호와 귀저우성 동남부와 징저우를 여행했다. 광저우에 오기 전, 아광은 광저우 화난이공대학에 다니는 친구에게 연락을 했다. 리장의 여관에서 만났던 그 친구는 아광에게 대학 근처에 무료로 소파객을 받아 주는 서점이 있다는 이야기를 해 주었다. 그래서 숱한 산과 강을 넘어 우리는 이곳에서 만나게 되었다.

✦

아광과의 대화는 사전 준비가 필요 없었다. 그의 현란한 입담 외에도 배낭족이라는 정체성이 우리와 그가 한 생명과 다른 생명의 만남일 뿐이라는 것을 그리고 주류와 비주류, 능동과 수동, 질문과 대답의 관계가 존재하지 않는 사이임을 결정지었다.

우리는 함께 이야기를 나누고 또 그가 서점에 좌판을 벌이게 해 주었을 뿐이다. 아광은 리장에 머물 때처럼 날마다 햇볕을 쬐고 시베리안 허스키와 노는 대신 숙소를 제공해 준 주인을 도와 짐을 나르고 좌판에서 물건을 팔았다. 낮에 일이 없을 때는 근처 대학 캠퍼스에 가서 시솽반나 팔찌를 팔았다.

그는 자기 좌판 앞에 입간판을 세우고 큰 글씨로 '무전여행 중'이라고 적어 놓았다. 또 자기소개 삼아 "저는 후룬베이얼 사람으로 올해 대학을 졸업하고 배낭여행을 떠났습니다. 벌써 육 개월째군요. 팔찌 하나 사 주시면 좋고 안 사 주셔도 여기 앉아 인생과 꿈, 세계 평화에 대해 이야기합시다. 제 여행 이야기를 들어 주시거나 이 노점의 여주인이 될 분을 소개해 주셔도 좋고요"라고 쓴 메모지도 붙여 놓았다.

며칠 전에는 한 여학생이 그가 쓴 입간판 글씨가 보기 싫다고 한사코 자기가 다시 써 주겠다고 했다. 그녀가 쓱쓱 새로 글씨를 써 주자 효과가 바로 나타났다. 금세 어린 아가씨가 다가와 팔찌를 구경했다. 그는 미소를 띠고 말했다.

"이 근처에서 제일 싼 물건이에요. 시솽반나에서 직

접 가져온 팔찌죠. 하나에 20위안밖에 안 해요. 네? 조금 비싸다고요? 그러면 음식과 메신저 번호랑 바꿔도 된답니다."

어느새 연말이 가까워졌다. 아광은 곧 고향에 돌아갈 예정이었다. 배낭족의 생활은 멋져 보이기는 해도 역시 고달팠다. 어깨끈이 끊어진 65리터짜리 배낭은 아광의 전 재산이었고 여섯 달 동안 매일 같이 무게가 25킬로그램이었다. 마음이 마냥 편한 것도 아니었다. 잘 만한 소파가 날마다 있지는 않았기에 길가에 텐트를 치고 슬리핑백 안에서 잠을 청하는 나날이 숱했고, 일을 해서 차비도 벌어야 했지만 날마다 순조롭지는 않았다.

누구도 앞으로 무슨 일이 일어날지 모른다. 잭 케루악의 『길 위에서』의 마지막 부분을 보면 이런 말이 있다. "태양이 서쪽으로 저물 때, 그는 오래 보수가 안 된 무너진 강둑 위에 앉아서 뉴저지 위쪽의 광활한 하늘을 바라보았다. 곧 어둠이 내려와 강과 산봉우리를 덮고 마지막에는 해안을 가려 대지에 평안을 가져다주며 초원에는 남은 석양빛을 쏟아부을 것이다. 길은 저마다 먼 곳으로 뻗어 있어 도착 못 한 이들은 모두 그 풍요로움과 신비를 동경하고 있다." 그러나 먼 곳에 도착하는 것은, 아광에게는 돌아갈 길이 더 멀어진다는 뜻이었다.

하지만 누가 뭐라고 해도 "진정으로 자유로운 영혼은 아무것도 개의치 않는다. 그들의 마음속 깊은 곳에는 왕과 같은 긍지가 있기 때문이다." 길은 곧 삶이다.

그날 밤, 아광이 엉덩이를 털고 좌판을 접으려 할 때 한 아가씨가 그를 불렀다.

"이봐요, 잠깐만요. 저 기억하세요?"

"기억하고말고요. 아까 제 간판에 글씨를 써 주셨잖아요."

"저기, 방금 전에 밀크티를 사다가 당신이 아직 여기 있는 걸 보고 한 잔 더 샀어요. 자, 가져가세요. 아 참, 당신은 제 우상이에요."

그녀는 말을 맺자마자 허둥지둥 자리를 떴다. 차가운 바람 속에서 바보처럼 씩 웃는 아광을 뒤로한 채.

✦

샤오제, 서점의 수험생

✦

　광저우의 12월은 아주 추운 편은 아니어도 날씨가 꽤 쌀쌀하다. 그런데 한 아가씨가 날마다 반바지를 입고 서점에 나타났다.

　이런 날씨에 두 다리를 드러낸 사람은 남들의 눈길을 끌게 마련이다. 더구나 그녀는 늘 나와 얼굴을 마주쳤다. 그녀와 시선이 부딪힐 때마다 나는 그냥 고개만 끄덕이기는 했지만 말이다.

　어느 날 그녀가 옷으로 몸을 가린 면적이 70퍼센트에 이르렀을 때 나는 침묵을 깨고 말했다.

　"드디어 긴 바지를 입었군요."

그녀가 답했다.

"저는 서북 지역 출신이라 추위가 두렵지 않아요."

그러더니 싱긋 웃으며 바로 화제를 바꾸었다.

"치아가 부정교합이 심하네요. 교정을 받으셔야겠어요."

나는 얼른 입을 다물고 목구멍소리로 물었다.

"시각이 아주 독특하시네요."

그녀는 또 웃으며 말했다.

"직업병이에요."

그녀는 읽던 책을 보여 주었다. 『치과교정학』이었다. 제목만 봐도 눈이 어지럽고 머리가 지끈거렸다.

"저는 치아 교정 전공이에요. 낯선 사람을 보면 제일 먼저 그 사람의 치아가 눈에 들어오죠. 좀 친해져야 신경이 안 쓰인답니다."

"교정하는 데 돈이 얼마나 들죠?"

"2년에 1만 위안쯤 들어요."

"맙소사, 치아 교정이란 게 원래 그렇게 비싸군요. 예상을 훨씬 뛰어넘는데요."

나는 단념하지 않고 더 캐물었다.

"만약 모든 사람이 교정을 받지 않는다고 치면 내 치

아는 미관상으로 평균 이상은 되나요?"

그녀에게 긍정적인 답을 듣자 나는 마음이 놓여 교정을 해야 할지 말지 긴가민가한 치아를 드러낸 채 활짝 웃었다.

바로 그날 나는 그녀의 이름이 샤오제라는 것을 알았다. 그 뒤로는 그녀와 마주칠 때마다 몇 마디씩 이야기를 나누었다. 만약 샤오제가 먼저 언급하지 않았다면 아마 누구도 그녀가 서북 출신이라는 사실을 몰랐을 것이다. 그녀는 시안에서 10년간 생활한 뒤, 부모님과 함께 중국에서 가장 오래된 그 대도시를 떠나 남쪽으로 와서 중국에서 가장 젊은 대도시 선전에 정착했다. 뜨거운 바닷바람이 그녀의 몸에 밴 황사를 다 날려 보냈고 그녀는 감쪽같이 남방 사람으로 성장했다.

그녀는 선전에서 9년 동안 살다가 거주지를 광저우로 옮겼다. 2009년 중산대학 의대에 합격했기 때문이다. 남방의 가을이 아직 시작되기 전에 그녀는 자기가 나온 고등학교보다 더 작은 그 대학 캠퍼스에 발을 디뎠다. 축구장과 농구장을 가운데에 두고 지어진 그 학교는 규모는 작아도 명성은 만만치 않았다. 그 전신은 1866년에 세워진 박제의학당과 1908년 봄에 세워진 광둥광화의학당 그리고 이듬

해 봄에 세워진 광둥공의학당이었다. 이곳 의과 출신들은
여러 대학병원의 1순위 영입 대상이 되곤 했다.

광저우에서 공부한 선전 사람이어서 그녀는 장차 광
저우나 선전에서 취직하는 것 외에는 다른 선택의 여지가
없었다. 그런데 치과 전공자는 학부 학위만으로 두 대도시
의 대형병원에 자리를 얻기가 무척 어려웠다. 작은 병원에
들어가기 싫었던 그녀와 동기들은 대학원에 진학해야 한
다는 것을 일찌감치 알고 있었다. 하지만 안타깝게도 샤오
제는 추천으로 진학할 수 있는 성적은 아니었고, 대학원 시
험 준비기간에는 병원에서 실습을 하느라 충분히 공부를
하지 못했다.

첫 번째 시험에 떨어졌지만 그녀는 결코 낙담하지 않
았다. 그녀의 말로는 첫 번째 시험을 치기 전에 벌써 두 번
째 시험을 준비하기 시작했다고 한다. 그런데 공부 장소가
문제였다. 원래 공부하던 학교 자습실은 아는 후배들과 자
주 마주쳐서 그때마다 인사도 하고 이야기도 나누느라 공
부에 방해가 되었다.

"그때 이 24시간 서점이 떠올랐어요. 전에 한 번 와 본
적이 있거든요."

8월의 뜨거운 밤이었다고 한다. 막 대학원 시험 자료

를 구한 그녀는 친구 몇 명과 스트레스를 풀려고 근처 상가의 노래방에 가서 새벽 4시까지 놀았다. 피곤하고 흥분된 상태로 막 영업이 끝난 노래방을 나왔을 때는 이미 막차가 끊겼고 첫차도 꽤 오래 기다려야만 했다. 그 애매한 시간에 그녀는 불현듯 근처에 24시간 서점이 있다는 사실이 떠올랐다. 그래서 이곳이 광란의 밤의 종점이 되었다.

이제 1200북숍은 고단한 수행의 기점이 되었다. 그후로 두 달간 그녀는 거의 매일 꿋꿋이 서점에 나와 출근 도장을 찍었다. 보통 정오에 와서 자정을 훌쩍 넘길 때까지 공부하다가 마지막 버스를 타고 집으로 돌아갔다. 그녀 앞에는 언제나 남들은 보기만 해도 골머리가 아픈 책과 자료가 잔뜩 쌓여 있었는데 그 위에 얼굴을 묻고 즐거운지 고통스러운지는 그녀 자신만 알 노릇이었다.

그녀는 진즉에 모든 직원과 얼굴을 익혔지만 이야기를 나누지는 않았다. 당시 그녀가 컵을 들고 카운터 앞에 서기만 하면 직원들은 뜨거운 물을 따라 주었다. 서점 내에 마련된 무료 독서공간은 그녀에게 공공도서관의 자습실 같은 느낌을 주었다. 그녀는 늘 출몰하는, 자신과 비슷한 처지의 전우들을 알아보았다. MBA 응시를 위해 밤공부에 몰두하는 사람, IELTS에 도전하는 사람, 체육대학원 입시를 준비하는 사람, 교사자격증 시험 공부를 하는 음대생까지 모두가 고개를 끄덕이며 서로 미소를 지어 주고 벗이 되어 함께 정진했다. 같이 밥을 먹고, 같이 경험을 나누고, 서점에 나타나는 괴인들에 관해 이야기를 나누고…… 그러다 보면 흠뻑 취해 나란히 백사장을 뒹구는 듯한 기분이 절로 들곤 했다.

만약 삶이 어떤 선이라면 이 24시간 서점은 그때까지 그녀가 거쳐 온 선의 마지막 점이자, 새로운 선과 이어지는 연결점이었다. 나는 마지막으로 그녀와 이야기를 나눈 '서점원'이었고, 내가 본 그녀는 결코 우쭐거리며 자기 자랑을 일삼는 부류가 아니었다. 어느 깊은 밤, 사람이 없을 때 그녀는 내게 말했다.

"가끔은 소도시 출신 동기들이 부러워요. 그 애들은 고향에 돌아가 현지에서 가장 좋은 병원에 쉽게 취업할 수 있거든요. 심지어 소도시 병원 월급이 대도시 병원보다 더 높아요. 사실 그런 곳의 의료 시스템이 다른 지역보다 더 낫기도 하고요. 하지만 저는 그런 복이 없네요."

나는 뭐라 해 줄 말이 없었다. 하지만 금세 그녀는 다시 활기차게 말했다.

"저는 지금 제 전공이 좋아요. 저는 아픈 이를 고쳐 주진 않아도 치아를 교정해 사람들을 아름답게 만들어 줄 수 있죠."

말을 마치고 그녀는 다시 내 치아를 유심히 보았다. 나는 얼른 입을 다물었다.

시험 준비 때문에 분투한 이들 중, 샤오제는 서점에 가장 오래 머문 사람이었다. 아마도 그녀가 이곳을 일종의 '대피소'로 여겼기 때문일 것이다. 하지만 인구 천만이 넘는 이 광저우라는 도시에서 시간은 저마다 바쁜 행인들의 발걸음과 마찬가지로 어느 누구도 기다려 주지 않았다. 금세 대학원 시험일이 닥쳤다. 시험 전에 그녀는 나를 찾아와 물었다.

"제가 사는 데가 시험장이랑 좀 멀어서요, 혹시 소파 방에서 하루 묵을 수 있을까요?"

그 방에는 이미 사전 신청자가 있어서 우리는 두말 않고 그녀를 위해 직원휴게실에 잘 자리를 마련해 주었다.

이틀 뒤, 시험을 마치고 그녀가 작별인사를 하러 왔다. 나는 그녀에게 물었다.

"앞으로도 자주 올 거죠?"

그녀는 말했다.

"그럼요, 시험에 붙든 안 붙든 계속 책을 봐야 하거든요. 의사 자격증을 따기 위해 또 다음 준비를 해야 해요."

아, 또 시험을 봐야 한다니. 많은 이에게 노력의 역사는 곧 시험의 역사이다. 나는 우리 24시간 서점이 그들의 노력의 역사와 함께할 수 있다는 사실이 기쁘고 위안이 되었다.

그래서 샤오제가 결국 시험에 붙었냐고? 앞서 말한 대로 삶은 선이며 이 24시간 서점은 단지 그녀가 거쳐 온 선의 마지막 점이자, 새로운 선과 이어지는 연결점일 뿐이었다. 삶은 여전히 계속되며 그녀의 삶의 선은 분명히 이미 더 먼 곳으로 이어졌을 것이다. 어디로 갔든 그녀는 "수많은 전투에 갑옷이 다 닳았어도, 적을 무찌르지 못하면 고향에 돌아가지 않으리라."* 서북 지역의 용맹한 혈통을 이어받은 그녀가 이 시 구절처럼 언제나 씩씩하게 살아가고 있으리라 믿는다.

---

* 당나라 시인 왕창령이 서북 지역 이민족과의 전투를 소재로 쓴 「종군행」 중 두 구절이다.

✦

스티우, 서점의 가수

✦

Part A

광저우의 주장신도시 지하철역 앞에는 늘 그곳에서 버스킹을 하는 스티우라는 가수가 있다.

2014년 마지막 날, 스티우는 우리 서점의 가수가 되었다.

우리는 1200북숍을 '1200라이브하우스'로 변신시켜 송년음악회를 열 계획을 세웠다. 가장 먼저 떠오른 사람은 친구 우신페이가 소개해 준 스티우였다. 사실 그 전에 지하철에서 그를 본 적이 있었다.

늦은 밤, 나는 막차를 타고 있었다. 야근을 마치고 서둘러 집에 돌아가는 무표정한 샐러리맨들 속에서 눈에 띄는 사람들이 있었다. 기타를 멘 한 남자 그리고 그에게 기대 선 한 여자였다. 두 사람은 달콤한 표정으로 웃으며 이야기를 나누었다. 주변의 유령 같은 얼굴들 속에서 조금 비현실적으로 보일 만큼 둘 다 활기가 넘쳤다.

이튿날, 신페이가 한 청년을 데리고 서점에 와서 심야 좌담회의 게스트로 초대할 수 있느냐고 물었다. 나는 그를 보자마자 전날 밤 지하철에서 본, 기타를 멘 그 청년이라는 것을 알아챘다. 헌팅캡을 쓰고 구레나룻을 길렀으며 수수한 옷차림이 퍽 자연스러워 보였다. 어린 친구들의 허세와는 달랐다.

"저는 스터우라고 합니다."

목소리도 조용하고 부드러웠다.

"심야 좌담회에 모시기 전에 먼저 두 사람의 관계부터 듣고 싶은데요."

내 요청에 신페이가 말했다.

"좋아. 나는 첫눈에 이 친구가 뭔가 다르다고 느꼈지."

나는 주장신도시에 온 지 얼마 안 되는, 야근을 밥 먹 듯이 하는 디자이너이며 이따금 훌쩍 여행을 떠나는 배낭 족이기도 하다.

거리의 버스킹 가수는 전에도 본 적이 있다. 여행하다 가 어느 오래된 도시에서 2인조 가수와 마주쳤다. 저녁 무 렵에 들은 그들의 노래는 꽤 듣기 좋고 친근한 느낌이었다. 이튿날 아침 다시 그들을 만나자 나는 10위안을 내고 또 들 을 준비를 했다. 기타를 안고 있던 보컬이 거만하게 나를 쳐다보며 물었다.

"형씨, 뭘 듣고 싶죠? 직접 골라 봐요."

"아무거나 불러 주시면 그냥 들을게요."

이렇게 말하긴 했지만 실은 "안 듣고 싶어졌어요. 돈 을 돌려주면 안 되나요?"라고 말하고 싶었다. 나는 결국 묵 묵히 앉아 있다가 담배 두 개비를 피우고 자리를 떴다.

얼마 전부터 주장신도시 지하철역 근처에 한 가수가 출몰했다. 그는 늘 헌팅캡을 쓴 채 주말마다 나타났고 때로 는 주중 저녁에도 모습을 보였다. 오래된 도시에서 봤던 가 수와 달리 그는 노래를 부를 때면 항상 수줍음 섞인 미소를 지었다. 그리고 조금 실수라도 하면 즉시 청중에게 사과하고는 다시 집중해서 기타를 치며 노래를 불렀다. 단속반원이라도 뜨면 그는 짐을 꾸려 근처에서 끈질기게 기다렸다. 조금만 더 있으면 단속반원이 퇴근하기 때문이었다.

어느 날 저녁, 정부에서 주관하는 큰 행사라도 있는지 단속반원들이 갑자기 초과근무를 하는 바람에 그는 지하철 입구에서 한없이 기다려야만 했다. 마침 그 옆을 지나던 나는 급한 일도 없고 해서 그와 통성명을 하고 이야기를 나눴다.

그는 스터우라고 이름을 밝히며 처음에는 빚 때문에 거리에 나오게 됐다고 말했다.

"그때는 간단한 노래 몇 곡밖에 몰랐는데 생계 때문에 눈 딱 감고 불러야 했죠."

하지만 지금도 계속 거리에서 노래를 부르는 까닭은 그저 이런 삶의 방식이 마음에 들기 때문이라고 했다.

그 사이, 그는 몇 차례 들어온 상업 공연 제의를 거절했다. 한두 번 바에 나가 노래를 부르긴 했지만 나중에는 그것도 심드렁해졌다. 거리에서 알게 된 친구 몇 명과 밴드를 이뤄 매년 6월 11일 대학 캠퍼스 공연에 참가하는 것도 단지 비욘드*를 기념하기 위해서였다.

"좋아서 하는 일이라 음악을 하고 있으면 마음이 편

---

* 1983년에 결성되어 2005년에 해체된, 중화권을 대표하는 홍콩의 4인조 록그룹.

해요."

　이런 태도 덕분인지 그는 지하철역 근처에서 공연을 하면서 적잖은 인기를 얻었다. 지나가는 사람들 속에서 때때로 그에게 손을 흔들며 웃어 주는 이들이 보이곤 했다. 젊은 연인이 다가와 남자 쪽이 마이크를 쥘 때도 많았다. 그러면 스터우는 옆에서 기타 반주를 해 주며 남자와 함께 그의 연인을 향해 활짝 미소를 지었다.

　나 또한 그의 팬이 되었다. 낯선 곳에서 온종일 바쁘게 일한 뒤 길가 화단에 앉아 스터우의 노래를 듣는 것은 뭐라 말할 수 없는 기쁨이었다.

　세월이 가진 것을 다 앗아 가서

　지친 두 다리는 기대하고 있건만

　지금 남은 건 몸뚱어리뿐

　빛나는 세월을 맞이해

　비바람 속에서 자유를 부둥켜안았지

　한평생 방황의 몸부림을 겪으며

　미래를 바꿀 수 있다고 믿었지만

　또 그럴 수 있다고 누구에게 물을까

얼마 뒤에는 내 동료 한 명도 스터우의 팬이 되었다. 어느 날 밤, 사무실에서 야근을 하는데 스터우의 노랫소리가 들려왔다. 나는 즉시 그 동료에게 문자를 보냈다.

"스터우 왔어."

"잠깐 기다려, 표 하나만 더 채우고."

그날 우리는 업무 효율이 희한할 정도로 좋았다. 얼마 후, 야근하는 다른 동료들을 뒤로하고 두 그림자가 쏜살같이 계단을 뛰어 내려갔다.

Part C

그해의 마지막 밤, 스터우는 약속 시간에 맞춰 함께하는 밴드 멤버를 데리고 서점에 왔다.

10시 반, 스터우는 격정적인 목소리로 음악회의 막을 열었다. 무대 위에는 그의 동료들이, 무대 아래에는 그날 지하철에서 그에게 기대고 있던 아가씨가 있었다. 그녀는 무대 뒤 소파에 단정히 앉아 조용히 귀를 기울이며 내내 시선을 고정했다. 보이는 것은 스터우의 뒷모습뿐이었는데도 말이다.

중간 휴식 시간에 스터우는 그녀 옆에 앉아 몇 마디 이

야기를 나눴다. 그녀는 한때 신페이처럼 주장신도시 지하철역을 오가는 수천수만의 사람들 가운데 한 명일 뿐이었다. 그런데 음악이 그녀를 그들 속에서 끌어내 그의 유일무이한 꽃이 되게 했다.

헤어지기 전, 나는 스터우에게 물었다.

"바로 버스킹을 또 할 건가요?"

스터우는 말했다.

"며칠 있다가 하려고요. 내일은 고향 등기소에 가서 결혼 신고를 해야 하거든요. 다음 주 토요일 저녁에는 친구들을 초대해 파티를 열 겁니다. 사장님도 시간 나면 와 주세요."

주얼, 서점의 가오슝인

2015년 10월 1일 밤, 나는 주얼과 서점 앞 계단에 앉아 담배를 피우며 맥주를 마시고 있었다. 이번에는 코로나 맥주가 아니라 타이완 맥주였다.

우리 중 누구도 예상하지 못했다. 2년이 지난 오늘, 우리가 이런 곳에서 다시 나란히 앉아 있게 될 줄은. 2년 전의 그 밤, 우리가 마주하고 있었던 것은 밤에도 인파가 끊이지 않는 대도시의 네거리가 아니라, 검은 파도가 넘실대는 끝없이 아득한 바다였다. 어둠 속에서 별들이 유난히 눈부셨고 파도 소리를 몰고 온 바닷바람이 축축한 피부 위에 부딪쳤다. 작은 떠돌이 검정개 한 마리가 발치에 엎드려 우리가 나누는 열정적이면서도 침착한 이야기에 귀를 기울였다.

그 밤, 우리는 가오메이 습지 주변에 있었다.

2013년 10월 1일, 나는 10킬로그램 배낭을 짊어지고 모험을 떠났다. 타이완 일주 도보여행의 첫날이었다. 하지만 그만 한나절 만에 발 근육을 다치고 말았다. 내 체력을 과신하여 출발 전에 적절한 훈련을 안 한 탓이었다. 어쩔 수 없이 등산 스틱에 의지해 절뚝절뚝 걷다가 간신히 25킬로미터 떨어진 가오메이 습지에 닿았다. 그날 밤, 나는 바닷가 제방 위의 정자에서 자기로 결정했다. 막 슬리핑백을 펴고 누워 쉬려는데 주얼이 불쑥 나타났다.

그는 페이스북에서 내 위치를 확인하고 야근을 마친 뒤 일부러 차를 몰아 나를 만나러 왔다. 시내에서 겨우 30분 떨어진 곳에 있었지만 그래도 나는 타향에서 아는 사람을 만난 것처럼 반가웠다. 그는 정신적인 위로뿐만 아니라 물질적인 선물도 가져왔다. 차 안에서 먹을 것을 한 보따리 안고 왔는데 타이완에서 가장 좋은 제과점에서 산 빵까지 있었다. 그는 내가 다리를 다친 것을 보고는 제방 뒤 사당으로 나를 데려가 평안을 빌어 주는 한편, 그 참에 타이완의 제사 의식에 관한 기본 상식을 알려 주었다.

당시 그는 타이중의 한 회사에서 가구 디자인을 했다. 나는 둥하이대학교 건축대학원에 유학을 온 중국 학생이었다.

주얼의 키는 192센티미터, 공교롭게도 타이중에서 타이베이까지의 거리도 192킬로미터이다. 이 건장한 남자는 내가 만나 본 이들 가운데 가장 명실상부한 가오슝 사람이다. 그가 둥하이대 건축과 출신이라 우리가 대학원 친구라고 생각하는 사람이 많은데 그건 아니다. 그는 내 대학원 친구의 학부 동창으로 우리는 공통의 친구를 통해 알게 된 사이였다. 처음에 우리 둘은 그냥 술친구일 뿐이었고 실제로 만난 것도 딱 두 번뿐이었다. 한 번은 라이브카페 어맨킹에서 술잔을 부딪쳤고 다른 한 번은 산 위의 꼬치구이 주점에서 타이중의 야경을 내려다보며 담소를 나눴다. 가오메이 습지에서 만난 뒤로 주얼을 보는 내 시각은 이전과는 완전히 달라졌다. 그냥 같이 먹고 노는 친구가 아니라, 내게 도움을 주고 싶어 하는 친구로 보였다.

정말로 그는 달라진 나의 인식에 부응했다. 닷새 뒤, 먀오리에서 내가 도둑을 맞아 짐을 다 잃고 꼼짝 못하게 되자 그는 또 차를 몰고 와 나를 타이중까지 데려다주었다. 이어지는 여행에서도 그는 계속 나를 도와주었다. 가오슝

을 지나갈 때 자기 고향 집에 묵으라는 호의를 완곡히 거절하자, 자기 아버지와 함께 내가 꼭 지나가야 하는 길에서 기다리다가 식사를 대접해 기운을 북돋워 주었다. 2년간의 타이완 유학 시절, 나를 도와준 타이완인은 무척 많았다. 그 가운데 주얼은 의심할 여지없이 가장 깊이 머릿속에 남은 한 사람이었다.

타이완 일주를 마치자 금세 연말이 가까워졌다. 건축과 건물에서 열린 동문 송년회에서 우리는 또 만났다. 나는 재학 중이고 그는 이미 2년 전에 졸업했지만 거기 있으니 그가 나보다 더 주인공처럼 보였다. 많은 이들이 그에게 알은체를 했지만 내게는 그런 사람이 통 없었다. 주얼과 나는 건물 앞뜰 난간에 기대 이야기를 나누었고, 그는 그 앞을 지나가는 친구들을 끌고 와 내게 소개해 주고 일일이 잔을 부딪치게 해 주었다. 얼마 뒤에 무대에서 카운트다운이 시작되었다. 자정의 종소리가 울리는 순간, 모두가 잔에 남은 술을 비웠다. 문득 나는 그 건물과 그 학교와 그 섬나라에 아름다운 기억이 많다는 것을 절감했다. 하지만 나는 결국 중국으로 돌아가야 했고, 그곳과 그곳 사람들은 내게는 과거가 될 수밖에 없었다. 중국과 타이완은 단지 거리만 떨어져 있는 것이 아니었다.

중국에 돌아온 뒤로는 인터넷 우회접속을 하지 않아 페이스북의 좋은 친구들과는 대부분 연락이 끊겼다. 그러다가 2014년 타이중에 다녀오며 주얼을 위챗 친구로 추가하면서 비로소 서로의 소식을 듣게 되었다. 그는 자기 여자친구가 상하이에 일을 하러 가서 위챗으로 소통하게 됐다고 했다. 그리고 이듬해 연초, 업무 환경이 불만족스러웠는지, 아니면 장거리 연애에 지쳤기 때문인지 그는 중국에 넘어와 발전을 꾀하고 싶다고 했다. 나는 그가 당연히 상하이로 갈 줄 알았다. 상하이는 타이완 사람들이 가장 많이 모여 사는 도시일뿐더러 무엇보다 그의 여자친구가 있는 곳이기 때문이었다.

그런데 그는 광저우로 왔다.

1200북숍 직원들은 내가 그를 여자친구에게서 빼앗아 광저우로 데려왔다고 농담을 하곤 했다. 하지만 나는 그를 끌어들인 힘의 일부일 뿐이었다. 가장 핵심적인 힘을 발휘한 것은 틀림없이 서점이었다. 내가 SNS에 서점 관련 소식을 올리면 그는 언제나 흥미를 보였다. 서점 운영이 무척 재미있는 일이라고 느꼈던 것 같다. 톈허북로점을 준비하고 있을 때 주얼은 자기도 참여하고 싶다고 제안했다. 좀 뜻밖이긴 했지만 나야 물론 환영이었다. 다만 그가 서점 일에 환상을 품고 있는 것은 아닌지 걱정이 되었다. 게다가 서점에서 줄 수 있는 월급은 한계가 있어서 그로서는 수입이 훨씬 줄어들 수도 있었다. 나는 그에게 우선 시험 삼아 해 보라고만 했다.

그가 광저우에 온 다음 날부터 톈허북로점의 인테리어 공사 현장은 그의 일터가 되었다. 공사 파트너는 나였다. 건축과 출신이어서 그런지 그도 나처럼 공사 현장의 모든 것에 관심을 보였다. 귀를 찢는 전기톱 소리를 듣고, 코를 찌르는 니스 냄새를 맡고, 엄청난 먼지를 들이마시면서도 우리는 즐거웠다. 이번에는 앞서 문을 연 네 개 지점을 준비할 때와는 달랐다. 그때는 나 혼자 고군분투했지만 지금은 함께하는 친구가 생긴 것이다. 우리는 공사 현장을 오락장으로 삼고 마치 장인이라도 된 양 머리를 쥐어짜 재미나는 아이디어를 실현시켰다. 한번은 저녁을 먹은 뒤 서로 약속이라도 한 듯 벽돌을 차곡차곡 쌓아 긴 진열대를 만들어 봤는데, 벽돌 간의 이음새가 마음에 들지 않아 한밤중까지 같이 뜯어고쳤다. 또 낡은 나무상자를 쌓아 보기 좋은 공간감을 표현하기 위해 어릴 적 나무토막을 갖고 놀던 때로 돌아가 성에 찰 때까지 이것저것 시도해 보기도 했다. 그도 낡은 물건만 보면 나처럼 두 눈이 반짝거렸다. 어느 날 내가 버려진 판자를 들고 왔더니 주얼이 쓰레기 더미에서 주워다 놓은 낡은 서랍이 보였다. 이윽고 우리는 힘을 합쳐 그 폐품들을 개조해 새로운 생명을 불어넣었다.

둘이서 나란히 두 달 넘게 고생한 끝에 톈허북로점이 마침내 문을 열었다. 길도 잘 모르던 외지인 주얼은, 광둥어를 쓰고 큰길에 스쿠터가 없다는 것만 빼고는 광저우가 타이완과 별로 다를 바 없다고 생각하는 사람으로 변모해 있었다. 그래도 나는 조금 걱정스러웠다. 어쨌든 인테리어 디자인은 우리의 전문 분야이므로 그가 흥미와 능력을 보인 것은 당연한 일이었다. 그렇다면 서점 운영에서도 그는 능력을 발휘할 수 있을까? 앞으로도 계속 이곳에 애정을 기울여 줄까?

뜻밖에도 주얼은 인테리어 기술자에서 눈부신 변신을 해 나갔다.

"서점에서 식물을 팔아 보면 어떨까?"

내가 말을 꺼내자마자 그는 말했다.

"대학 지원서를 쓸 때 2지망이 원예과였어."

우리는 좋은 상품을 찾아 함께 화훼시장을 누비고 다녔다.

내가 가고 싶지 않거나 가지 못하는 회의에 주얼을 대

신 참석시키기도 했는데, 그는 사교 방면에서도 나는 꿈도 못 꾸는 능력을 보여 주었다. 키가 너무 커서 손님들에게 위압감을 주지는 않을까 하는 염려도 있었지만, 그는 항상 친절하게 허리를 굽히거나 몸을 웅크려 많은 여성 고객의 마음을 녹였다. 전 세계에서 가장 훌륭한 서점으로 CNN에 보도된 사실이 널리 알려진 뒤에 외국 손님이 갈수록 늘어났지만 그가 있어서 마음이 든든했다. 당시 그는 우리 서점에서 좌담회 때 통역을 할 수 있는 유일한 직원이었다.

도서 분야에서도 내가 극구 꽁무니를 빼는 상태에서 적합한 책임자를 못 구하고 있었는데, 주얼은 내게 떠밀려 앞에 나서자마자 전임자들을 능가하는 열정을 발휘했다. 나아가 중신후가점에서 심야식당을 연 뒤로는 홀 매니저까지 맡아, 1200북숍의 이름이 찍힌 앞치마를 두르고 손님들을 상대했다. 그때 그는 광저우를 뛰어다니며 만두 공급상을 찾았고, 입만 열면 식당 얘기였다.

"이 식당의 핵심은 저렴한 가격, 괜찮은 맛, 빠른 속도 그리고 무료 배달이야. 저 식당은 쇠고기 요리에서 대초원의 분위기가 느껴진단 말이야……."

이어서 주얼은 타이완에서 문구와 서적 등을 들여오기 시작했다. 그런데 몇 가지 큰 주문을 마치고 보니 거래

상 모두가 나이 지긋한 여성이었다. 그는 서점에서 '여사님 킬러'라는 명예로운 칭호를 얻었다.

옆에서 이 모든 일을 지켜보는 것은 나에게 큰 기쁨이었다. 이 기쁨에는 세 가지 의미가 있다. 유능한 사람을 만난 기쁨, 그 유능한 사람이 내 친구라는 기쁨 그리고 그 유능한 친구가 나와 함께 일한다는 기쁨.

이 세 가지 기쁨의 순위를 정해 보라고 한다면 역시 뒤에서부터 앞으로 순위를 매겨야 할 것이다.

주얼 또한 기뻐했다. 그토록 많은 변신을 하고 많은 일을 이루고 차차 가족들의 인정을 받으며, 이 기상천외한 친구도 큰 기쁨을 느꼈다. 주얼의 부모님은 그가 SNS에 올린 수많은 서점 관련 글을 보고 세뇌를 당해, 열심히 글을 퍼 나르고 사람들에게 아들 자랑을 늘어놓았다.

"우리 아들이 광저우의 24시간 서점에서 일하고 있어!"

지금도 우리는 함께 일한다. 주얼은 자기 역할이 유격대원이라고 말한다. 그는 날마다 각 지점을 돌며 문구, 도서, 식음료 등의 데이터를 점검하고 진열 상태까지 살핀다. 텐허북로점의 식물 판매는 영 저조하긴 하지만 우리는 192센티미터의 커다란 남자가 작은 물뿌리개를 들고 허리를 숙인 채 화분마다 물을 주는 광경을 늘 보곤 한다. 특히 시들어 가는 식물을 보면 그는 마치 갓난아이를 대하듯 두 배로 더 세심하게 돌본다.

"이봐, 어찌 그리 여성스러워?"

내가 놀리자 그는 말했다.

"이게 바로 타이완 사람의 특징 아닌가?"

나는 대답할 말이 없었다.

✦

서점의 책벌레 할아버지

✦

처음에 누가 그렇게 부르기 시작했는지는 모르겠지만, 어쨌든 '책벌레 할아버지'는 금세 모든 직원이 그를 가리키는 호칭이 되었다.

그 사람은 머리가 희끗희끗한 할아버지였다. 그를 처음 본 시점은 여름방학이 끝나 갈 무렵이었다. 그는 무료 독서공간에 앉아 책 더미에 얼굴을 묻고 정신을 집중한 채 뭔가를 계속 끼적이고 있었다. 그의 주변에는 벽돌 같은 외국어 사전들이 쌓여 있었는데 살펴보면 한 가지 외국어가 아니었다.

때로 무료 독서공간의 자리가 다 차면 그는 서점 입구

쪽 바닥에 앉아, 옆에 누가 있든 없든 상관 않고 보통 사람은 알아들을 수 없는 언어로 낭독을 했다. 그 옆을 지나가는 이들은 모두 그 알 수 없는 기세에 압도당하고 말았다. 친구들은 늘 내게 그 할아버지가 누구인지 물었고 모두들 진심으로 존경을 표했다.

나도 마찬가지였기에 마침내 경외심을 품고 다가가 삼가 영웅의 내력을 문의했다.

"나는 난징에서 왔습니다. 전에는 영어 번역 일을 했고요. 요즘에는 러시아어, 프랑스어, 이탈리아어, 스페인어를 공부하고 있습니다. 광저우의 새 도서관 장서량이 아주 많다는 얘기를 들었는데 도서관 근처에 24시간 서점도 있다는 것을 알고 광저우에 올 결심을 했지요."

백발의 나이에 더 많은 지식과 외국어에 대한 갈망으로 훌쩍 여행을 떠나왔다니 정말 놀랍고 감동적인 이야기가 아닐 수 없었다! 나는 당장 허리를 숙이고픈 생각을 꾹 누르고 조용히 뒷걸음쳐 물러났다.

게다가 이 할아버지는 젊은 사람보다 더 대담했다. 그는 단신으로 광저우에 왔는데 이 도시에 의지할 사람은커녕 머물 데도 없었다. 매일 낮에는 도서관에 있다가 밤이 되면 도서관에서 빌린 사전들을 갖고 서점에 와서 계속 공부를 했다. 그러다 졸리고 피곤해지면 테이블 위에 엎드려 잠이 들었다. 이튿날 잠에서 깨면 또 똑같은 하루가 이어졌다. 머무는 데가 없기 때문에 그는 목욕을 못 했고 옷을 빨거나 갈아입을 수도 없었다. 날이 갈수록 그의 몸에서는 퀴퀴한 냄새가 진동했다. 당연히 그 할아버지를 어떻게 좀 해달라는 요구가 속속 접수되었다.

어쩔 수 없이 나는 두 번째로 그와 접촉해 조심스레 물었다.

"그렇게 외국어를 많이 공부하시는데 혹시 뭘 준비하고 계신 겁니까?"

그는 나를 보며 엄숙하게 답했다.

"나는 서양 언어의 일대 개혁을 추진하려 합니다."

그렇게 웅대한 이상 앞에서 나 같은 범부는 뭐라 할 말이 없었다. 대화는 그렇게 끝이 났고, 자리를 뜨기 전에 나는 그에게 소파방의 욕실을 써도 된다고 했다.

"다른 사람에게 폐가 되지 않게 위생에만 신경을 좀 써 주시면 우리 서점은 언제나 선생님을 환영할 겁니다."

기본 생계도 해결하지 못한다면 아무리 외국어를 많이 알아도 무슨 의미가 있단 말인가? 속으로는 그렇게 궁시렁거렸지만, 또 그의 학습 동기도 이해가 가지 않았지만 그래도 그의 학습 정신만큼은 소중하다고 생각했으므로 계속 그를 존중해 주기로 했다.

그렇게 별일 없이 한동안 시간이 흘러갔다. 그러던 어느 날, 그가 불쑥 나를 찾아와 입을 열었다.

"서점에서 아르바이트생을 구한다는 공고를 봤는데 나를 써 주지 그래요? 커피 만드는 걸 배워 볼까 합니다."

나는 어안이 벙벙했다. 알고 보니 이 책벌레 할아버지는 학습 능력만 뛰어난 게 아니라 상상력도 대단했다! 그러나 그의 분위기는 바리스타하고는 거리가 멀어도 너무 멀었고, 게다가 그를 가르치려면 어마어마하게 힘이 들 것 같앉다. 하지만 그 제안을 듣자 그에게 다른 잡일을 맡겨도 되지 않을까 하는 생각이 들었다. 왜냐하면 밤에 맥도널드에서 그가 다른 손님들이 남긴 음식을 허겁지겁 먹어 치우는 광경을 한두 번 본 게 아니었기 때문이다.

이런 생각을 점장에게 슬쩍 내비치자 천만뜻밖에도 단호한 반대에 부딪혔다.

"그 할아버지는 기본 예의가 부족해요. 직원들한테 이래라저래라 지시를 하고 툭하면 불러 댄다고요. 한번은 밤 9시가 넘어서 할아버지가 화장실에 갔는데 마침 아르바이트생이 안에서 샤워를 하고 있었어요. 그런데 그녀가 나오자마자 대뜸 혼을 내더라는 거예요. 그 시간에 거기서 샤워를 하면 어떻게 하냐고, 그 바람에 자기가 체통 없이 밖에서 오래 기다리지 않았느냐고 말이에요. 그 할아버지는 손님들한테도 태도가 다르지 않아요. 언젠가 앞에 앉은 남자 손님이 먹던 게 목에 걸려 계속 딸꾹질을 했는데 그걸 트집 잡아 밖으로 쫓아내려 했어요. 그때 두 사람이 입씨름을 하다가 하마터면 싸움이 날 뻔했다니까요."

나는 할아버지의 그 '주인 의식'에 놀라 세 번째로 그를 찾았다. 그리고 공공장소에서 그런 행동은 대단히 부적절하므로 다시 그런 일이 생긴다면 더 이상 그를 환영하지 않겠다고 직설적으로 말했다.

그는 순순히 받아들였다. 하지만 사람의 성격은 언제든 또 드러나게 마련이다.

며칠 뒤에 서점에 가 보니 몇 명이 모니터를 둘러싼 채 감시카메라 영상을 돌려 보고 있었다. 알고 보니 할아버지 옆에 앉았던 한 아주머니가 잠깐 자리를 비웠다가 돌아왔는데 물건이 사라졌다는 것이었다. 그녀는 할아버지의 소행이라고 의심했지만 그는 극구 부인했고 마침내 감시카메라 영상까지 돌려 보게 되었다.

결국 드러난 증거 앞에서 그는 더 이상 발뺌을 못했다. 그런데 그 사라진 물건은 무엇이었을까? 바로 컵라면이었다. 책벌레 할아버지가 아주머니의 컵라면을 훔쳐 먹은 것이었다…….

이렇게 체면을 잃고도 그 노학자는 여전히 교활한 수를 썼다. 자기가 계속 부인한 이유는 우리 서점의 감시카메라 성능을 테스트해 보기 위해서였다고 했다.

아, 갑자기 루쉰의 단편소설 「쿵이지」의 한 대목이 떠올랐다. "책을 훔치는 건 도둑질이라고 할 수 없어…… 책을 훔치는 건 선비의 일인데 어떻게 도둑질이란 말인가?"

나는 체머리를 흔들며 자리를 떴다. 그에게 다른 말은

더 하지 않았다. 떠나라고도 하지 않았다.

예상치 않게 우리는 얼마 안 가서 두 번째로 감시카메라 영상을 보게 되었다. 그날 책벌레 할아버지는 갑자기 자기가 아침 6시 전후에 카운터에 맡겨 둔 책이 어디 갔는지 모르겠다고 주장했다. 누구한테 맡겼느냐고 물었지만 그는 우물쭈물 대답을 제대로 못했고, 그 시간에 근무한 직원은 그런 일이 없다고 밝혔다. 그는 화가 나서 감시카메라 영상을 보자고 했지만 직원은 공연히 소란을 피우지 말라며 거절했다. 하지만 그는 꼭 봐야겠다고, 안 보여 주면 경찰에 신고하겠다고 했다.

그는 모니터에 눈을 고정하고 한참을 이리저리 살폈지만 끝내 자기가 누구한테 책을 맡겼는지 알아내지 못했다. 결국 그는 경찰을 불렀다. 출동한 경찰관도 그 '사건'이 끼니도 못 잇는 사람이 자기 책을 서점이 꿀꺽 삼켰다고 신고한 일임을 알고서 할 말을 잃었다. 우리가 감시카메라 영상 전체를 복사해 경찰에 넘기는 것으로 그 일은 흐지부지되고 말았다.

그때는 벌써 12월로 책벌레 할아버지가 우리 서점에 머문 지 거의 넉 달이 돼 가는 시점이었다. 그래서 많은 손님이 그의 얼굴을 알았고, 툭하면 내게 와서 다른 서점이나

KFC, 아니면 또 다른 곳에서 그와 마주쳤다고 이야기하곤 했다. 그는 그렇게 우리 서점의 걸어 다니는 간판이 되었기 때문에 마땅히 우리 서점에 일말의 애정이라도 있어야 옳았다. 그런데 왜 그런 있지도 않은 일을 꾸며 냈을까? 어째서 자기를 거둬 준 이들을 도둑으로 몰고 경찰에 신고까지 한 걸까?

그 일이 있은 뒤로 책벌레 할아버지는 전처럼 날마다 서점에 나타나지 않았고, 나는 그가 자기 잘못을 알아서 그런다고 생각했다. 그런데 어느 날 난데없이 그로부터 전화 한 통을 받았다. 그는 또 내게 서점에 일자리를 마련해 달라고 했다. 나는 단칼에 거절하고 이렇게 말했다.

"설에 난징으로 돌아가세요. 이렇게 계속 광저우에 있는 건 좋은 방법이 아니에요. 먼저 아르바이트라도 찾아 끼니부터 해결하고 나서 서양 언어를 개혁하시라고요."

나는 그가 또 자신의 이상에 관해 얘기할 줄 알았지만 뜻밖에도 그는 내게 돈을 꿔 달라고 했다.

"20위안이라도 좋으니 좀 꿔 줘요. 지금 가진 게 한 푼도 없는데 집에서는 아무도 돈을 안 보내 준답니다."

나는 또 거절했다.

"지난번에 그런 일만 벌이지 않으셨다면 당연히 꿔 드

렸겠죠.”

말을 마치고 나는 전화를 끊었다.

그 뒤로 나는 오랫동안 책벌레 할아버지를 보지 못했다. 그리고 그가 생각날 때마다 복잡한 심정을 느꼈다. 그에게 돈을 안 꿔 준 것이 잘못이었나 자꾸 의심이 들었다. 어쨌든 그가 많은 돈을 요구한 것도 아니었으니까 말이다.

그는 과연 다시는 나타나지 않았다. 쿵이지가 셴헝 술집에서 사라진 것처럼.*

---

* 루쉰의 「쿵이지」에서 애주가인 몰락한 양반 쿵이지는 생활고 때문에 도둑질을 하다가 다리가 부러져 단골 술집에서 영원히 자취를 감춘다.

✦

서점 안의 죄와 벌

✦

가출한 아이, 매일 밤 신문을 보며 손톱을 다듬는 아주머니, 밤새 외국어를 공부하는 할아버지, 자기 몸에 문제가 있다고 느끼지만 가족에게 신세 지고 싶어 하지 않는 아가씨, 여행을 하고 있는 것처럼 보여도 광저우를 떠나 본 적이 없는 배낭족······ 참으로 다양한 사람들이 우리 24시간 서점에서 밤을 보낼 수 있느냐고 묻곤 한다. 모두들 뭐라고 정의 내리기 어려운 이 도시의 기인이다.

최근에는 40대로 보이는 중년 남자가 밤 11시 전후만 되면 티위동로점 무료 독서공간에 나타났다. 옷은 지저분했지만 냄새는 나지 않았다. 여러 번 마주치면서 낯이 익기는 했어도 역시 내가 먼저 다가가 말을 걸지는 않았다. 사실 야간에는 그런 사람들이 꽤 많아서 특별히 이상한 점만 없으면 뭔가를 묻거나 하지 않는다. 나는 우리 24시간 서점이 밤에 오갈 데 없는 이들의 쉴 곳이 되기를 바란다. 책을 보든 안 보든, 돈을 쓰든 안 쓰든 다른 사람에게 부정적인 영향만 끼치지 않으면 그들이 이 도시에 머무는 데 도움을 주고자 한다.

그런데 얼마 뒤에 그와 정면으로 얼굴을 마주해야 했다. 어느 날 그가 책을 펴 놓고 엎드려 자면서 책장 위에 침을 흘려 놓은 것을 보았기 때문이다. 나는 성큼성큼 다가가 그를 흔들어 깨웠고, 그는 즉시 잘못을 깨닫고 정중히 사과했다.

그 뒤로 우리는 마주칠 때마다 서로 고개를 끄덕였고 이야기도 나누게 되었다. 그는 나중에는 오며 가며 내게 인사까지 했다.

그렇게 꽤 여러 달이 지났다. 새로 톈허북로점이 문을 열어 나는 주로 그쪽으로 나가게 되었는데 그 역시 자는 장소를 바꿨다. 새 지점은 밤에 머무는 사람이 좀 적어서 보다 쾌적하고 여유로운 환경이었기 때문이다.

새로운 곳에서 다시 얼굴을 보니 우리는 마치 타향에

서 고향 사람을 만난 듯한 착각이 들었다. 서점에서 마주칠 때마다 그는 더 반가운 웃음을 지었고 거리에서 만나도 함박웃음을 짓곤 했다. 나는 그에게 밤에 오는 사람들을 좀 눈여겨봐 달라고 부탁해 좀도둑을 예방하면 어떨까 하는 생각이 들었다. 그 전에 서점에서 몇 차례 절도 사건이 일어났기 때문이다. 사람들은 서점에 오면 상대적으로 경계심이 느슨해진다. 특히 심야에 꾸벅꾸벅 졸 때면 지갑이나 휴대폰 같은 귀중품을 밖에 내놓고 좀도둑에게 범죄를 저지를 기회를 주곤 한다. 그래서 한동안 휴대폰이나 지갑을 잃어버리는 일이 자주 발생했는데 경찰에 신고해도 대부분은 범인을 잡지 못했다.

나는 그가 어떤 사람인지 더 알아보려고 넌지시 물었다.

"혹시 무슨 일을 하시죠?"

뜻밖의 질문에 그는 조금 당황했지만 곧 선선히 답했다.

"의약품 무역회사에 다닙니다. 밤에 서점에 와서 야근을 하고요."

나는 그의 꾸깃꾸깃하고 꼬질꼬질한 옷을 살피며 의아해했다. 하지만 최근에 그가 노트북컴퓨터를 펼쳐 놓고 앉아 있는 모습을 여러 번 본 기억이 났다. 비록 무거운 구닥다리 기종이기는 했지만 말이다. 나는 그가 많이 꾀죄죄하기는 해도 어쨌든 직장이 있는 사람이라고 잠시 믿어 주기로 했다.

어느 날 밤 10시쯤 그는 평소처럼 가방 두 개를 짊어지고 톈허북로점에 들어섰다. 그때 우리는 마침 서점 문 앞에서 직원 모임을 하고 있었다. 그런데 모임이 끝난 뒤, 직원 한 명이 애플 노트북이 담긴 자기 크로스백이 사라진 것을 발견했다.

우리는 얼른 감시카메라 영상을 돌려 보았다. 누군가 기회를 틈타 물건을 갖고 자리를 뜨는 모습이 찍혀 있었다. 화면을 똑똑히 확인했을 때 나는 놀라서 넋이 나갔다. 그 사람은 뜻밖에도 매일 밤 이곳에서 단잠을 자고 나를 볼 때마다 함박웃음을 짓던 바로 그 손님이었다.

우리는 모두 그의 얼굴을 알았다. 게다가 그때는 절도 사건 방지를 위해 파출소의 건의를 받아들여, 밤에 서점에 머무는 손님들을 대상으로 등록 제도까지 운영하고 있었다. 그 사람의 신분증도 기록되어 있었기 때문에 우리는 신분증 사진과 화면 속 얼굴을 대조해 그가 범인이 틀림없다는 것을 확인했다.

당연히 우리는 분노했다. 우리가 오랫동안 잘해 주었던 사람이 거꾸로 우리에게 악의를 드러내다니! 자신의 신분이 등록된 상태에서 감시카메라까지 가동되고 있는데 그토록 대담한 짓을 저질렀다는 것은 우리 카메라의 화소와 우리의 아이큐에 대한 모욕이자, 나아가 우리의 온정에 대한 모독이 아닐 수 없었다.

우리는 당장 신고하기로 결정하고 사건 당시의 감시카메라 영상과 혐의자의 신분증 정보까지 챙겨 경찰에 넘겼다.

그 뒤로 나는 잃어버린 물건이 하루빨리 돌아오기를 바랐지만 동시에 그날이 오지 않았으면 하는 마음도 들었다. 왜냐하면 분실물이 고가인 것을 감안할 때 그가 2년 넘게 징역을 살 수도 있다는 사실을 알고 내심 안타까운 생각이 들었기 때문이다. 그래서 경찰서에 전화를 걸어, 그와 합의를 보는 편이 낫지 않겠느냐고 해 보았지만 경찰 측에서는 단호히 거절했다.

"당신이 이러는 건 우리 수사를 방해하는 겁니다!"

얼마 뒤, 텐허구 도서관의 열람실 책상에 엎드려 단잠을 자던 그가 체포되었다. 경찰 측을 통해 나는 그에 대해 더 많은 정보를 알 수 있었다.

그는 쓰촨성에서 왔다. 광저우에서는 계속 일도 없고 집도 없었다. 낮에는 밖을 돌아다니고 밤에는 우리 서점에 와서 묵었다. 우리 서점은 그가 광저우에서 가장 좋아하는 곳이었다. 언제나 그를 맞아 주고 품어 주었기 때문이다.

하지만 일이 없어서 그는 점점 궁핍해졌다. 자신의 유일한 귀중품이었던 그 구닥다리 노트북까지 팔아 버리고 나자 그는 결국 위험한 짓을 벌이기로 결심했다. 그것은 그의 첫 번째 절도였다. 크로스백과 그 안의 물건을 훔친 뒤, 그는 애플 노트북을 켜 보았다가 경보음이 울려 소스라치게 놀랐다. 그 기계는 원격 잠금장치가 걸려 사용이 불가능했다. 결국 그것을 저당 잡혀 2천 위안을 얻었는데 체포됐을 때는 아직 그 돈을 다 안 쓴 상태였다.

그는 그때 순간적인 충동으로 일을 저질렀다고 말했다. 그리고 노트북을 훔친 뒤로는 감히 서점에 가지 못하고 밤마다 도시 안을 정처 없이 떠돌아다녔다고 했다. 그는 심문 도중에 크로스백 안에 있던 신분증을 꺼내 경찰에게 주면서 주인에게 돌려줬으면 한다고 말했다.

서점 안에는 선의와 온정도 많지만 죄와 벌도 함께 존재한다. 이번 사건 말고도 우리는 감시카메라를 통해 서점에 늘 오던 손님 세 명의 절도 행위를 확인한 적이 있다. 그들은 서로 공모해 50권에 가까운 '론리 플래닛' 시리즈를 훔쳐 간 뒤 다시는 나타나지 않았다. 방비가 소홀한 틈을 타서 그 비싸고 휴대가 간편한 책들을 가져가는 방법을 그들은 잘 알고 있었다.

또 항상 새벽이 돼야 서점을 나서던 한 젊은이의 모습도 감시카메라 속에서 발견했다. 그는 마지막으로 서점을 떠나며 카운터 앞에 놓아둔 모금함을 들고 갔다. 우리가 꽤 신경을 쓴다고 낚싯줄로 의자에 묶어 두었는데도 그 젊은이는 솜씨 좋게 줄을 끊어 버렸다. 그는 그 안에 이미 돈이 꽉 찼다는 사실을 알고 있었다. 길고양이 구조를 위해 설치한 모금함이었다.

서점은 따뜻한 공간이지만 결코 유토피아는 아니다. 사실 이런 이야기를 하고 싶은 생각은 별로 없었다. 몇 사람의 악행 때문에 다른 이들에게 부정적인 상상을 불러일으키고 싶지는 않았다. 다소 오싹한 느낌이 들기는 하지만 도스토옙스키가 소설에서 말한 것처럼 "양심에 따라 일을 행하면 아낌없이 피를 흘릴 수도 있다." 내 생각에, 선의와 온정은 궁극적으로 우리가 죄와 벌을 초월해 계속 나아가게 하는 원동력이 된다.

샤오옌, 서점의 청각장애인 직원

"광저우는 번화하고 바쁜 도시예요. 하지만 우리의 이 독서의 성은 너무나 조용하죠. 우리는 문자로 책을 읽고, 문자로 생각을 나누고, 문자로 서로를 느껴요. 이렇게 소박한 방식으로 사람들과 교류할 수 있어서 기뻐요. 저는 책 속에 빠져 있는 사람들을 최대한 방해하지 않으려고 해요."

이번에는 1200북숍의 청각장애인 직원, 샤오옌에 관해 이야기하려 한다. 청각장애인을 서비스 직원으로 고용하는 것은 꽤 드문 일이다. 여기에는 매우 긴 사연이 담겨 있다.

먼저 4년 전으로 돌아가 보자.

✦

2012년 10월, 그때는 내가 타이완에 가서 생활한 지 얼마 안 됐을 때였다. 그 전에 나는 중국 이외의 지역에서 살아 본 적이 없었다. 그런데 어느 날, 가오메이 습지에 가는 길에 놀라운 광경을 보았다.

그날 저녁 숙소에 돌아오자마자 나는 이렇게 써 내려 갔다.

교문 앞에서 168번 버스를 타고 수십 개 정류장을 지나 칭수이 정류장에 닿았다. 중간 경유지인 그곳에서 한 시간을 기다려 또 다른 버스를 타야 했기 때문에 우리는 흩어졌다 다시 모이기로 했다. 나는 그 도시의 외곽을 한가로이 돌아다니기 시작했다. 그곳에는 시끌벅적한 점포도, 멋들어진 빌딩도, 환한 거리도 없었다. 꼭 중국 소도시의 또 다른 버전 같았다. 나는 편의점에서 물 한 병을 사 들고 나와 문 앞 파라솔 밑에 조용히 앉아 있었다. 사람들이 계속 내 앞을 오갔는데 그중 세 명이 강한 인상을 남겼다.

첫 번째 사람은 키가 140센티미터도 안 되는 성인 남성이 었는데 음료수 한 병을 들고 가게에서 나와 스쿠터를 타고 가 버렸다.

두 번째 사람은 눈빛이 멍해 보이는 정신지체 남자아이였 는데 방금 산 녹차 한 병을 들고 내 뒤에서 어슬렁거리다가 쓰레기통에 빈 병을 버린 뒤 자전거를 끌고 사라졌다.

세 번째 사람은 체형이 이상하고 걸음이 불편한 중년 남성 이었는데 검은 승용차에서 내리더니 생수 두 병을 사 갖고 돌아와 차를 몰고 훌쩍 떠나갔다.

나는 세 사람의 신체 기능이 평범하지 않음을 확인했다. 그 리고 타이완에서 이런 사람을 볼 확률이 높다는 사실에 탄 식했고, 또 타이완 사회에서는 신체 기능에 이상이 있어도 평범하게 살아갈 수 있다는 사실에 더욱 탄식했다. 타이완 에서는 건강하지 못한 이들도 구걸할 필요 없이 인간의 존 엄을 누리고 있는데, 중국에서는 건강한 이들조차 갈수록 인간의 존엄을 버리고 구걸을 택하고 있다.

당시 나는 타이완의 장애인 비율이 특별히 높은 것은 아닌지 잠깐 의심했다. 중국에서는 그런 이들과 마주치는 일이 드물었기 때문이다. 하지만 나중에 내가 틀렸음을 깨달았다. 중국에는 장애인이 없는 것이 아니라, 그들이 대중 앞에 나서기 위해 필요한 편의 시설과 충분한 취업 기회가 없을 뿐이다. 그들은 집에 있을 수밖에 없으며 밖에 나오더라도 대부분 육교 위나 지하도 안에 있다.

타이완에 머무는 동안 나는 늘상 그런 사람들을 보았다. 사실 처음에 맥도널드에서 체형이 이상한 직원에게 서비스를 받았을 때는 속으로 불만을 느끼기도 했다. 하지만 그 뒤에 숨겨진 배려를 알고 나자 다시는 색안경을 끼지 않았고, 그들과 마주칠 때마다 미소를 지으려 했다.

사회적 취약계층에게 취업 자리를 제공하고 그들이 자아실현을 하도록 돕는 것, 이것이 타이완인이 지닌 인간미이자 내가 타이완에서 감동을 받은 점이었다. 그래서 24시간 서점을 열 기회를 얻었을 때, 나는 서점에는 인문뿐 아니라 인정이 있어야 한다고 강조했다. 다만 그때는 장애인을 직원으로 고용하는 문제를 진지하게 생각하지 못했을 뿐이었다.

시간이 흘러 2015년 1월의 어느 깊은 밤, 나는 카메라를 들고 서점 안을 어슬렁거리며 '1인 1스토리'를 취재할 준비를 하고 있었다. '1인 1스토리'는 직원마다 자유롭게 서점에 온 손님을 인터뷰해 그들의 인생 이야기를 공유하는

1200북숍의 프로그램이었다. 나는 두 아가씨 앞에 앉았는데 말을 걸자마자 그 두 사람이 아예 듣지도 말하지도 못한다는 사실을 알았다.

결국 우리는 펜으로 종이 위에서 대화를 이어 갔다.

"우리는 선전에서 왔는데 너무 늦어 돌아갈 수가 없어서 밤을 보내러 여기에 왔어요."

그리고 그중 한 명이 이런 이야기를 했다.

"저는 얼마 전에 직장을 관뒀어요. 사장이 제 월급을 떼어먹었거든요. 그렇게 불공평한 대우를 받는 것을 참을 수가 없었어요."

마지막으로 그녀는 자신의 소원을 말했다.

"카페나 서점을 열고 장애인을 직원으로 고용하고 싶어요. 그러면 저뿐만 아니라 이 친구의 일자리까지 해결되잖아요."

두 사람은 서점이나 카페 같은 업무 환경을 무척 동경했다.

그녀의 생각이 내 마음을 움직였다. 서점은 상대적으로 리듬이 완만하고 조용한 장소인데다 손님들도 대개 우호적이다. 이런 업무 환경은 확실히 그들이 적응하기 쉬웠다.

나는 이 일의 실현 가능성을 고민하기 시작했지만 그들과 폭넓게 접촉할 경로가 없었다. 그런데 며칠 뒤 우연히 프리저브드 플라워 공방에 갔다가 그곳 직원들이 거의 장애인이라는 사실을 알았다. 모두들 자기 일에 집중하고 있었다. 듣지도 말하지도 못했지만 눈이 마주쳤을 때 눈빛에 담긴 미소를 보고서 나는 그들이 행복하다는 것을 느낄 수 있었다. 그런 미소는 인정받고, 존중받고, 공정하면서도 우호적인 대우를 받을 때 나오는 것이었다.

나는 바로 공방 책임자에게 며칠 전 서점에서 있었던 일을 털어놓은 뒤, 가능하다면 나도 서점에서 시험 삼아 청각장애인을 고용해 보고 싶다고 말했다. 그는 내 계획을 지지해 주었고 그 뒤로 조금 복잡한 과정이 있기는 했지만 어쨌든 우리는 함께 그 계획을 성사시켰다.

2015년 중반, 1200북숍 톈허북로점이 문을 열었을 때 여성 청각장애인 두 명이 그곳의 직원이 되었다. 그중 한 명이 바로 앞머리에 언급한 샤오옌이다.

✦

샤오옌은 한 살 때 병으로 청력을 잃었다. 부모님은 그녀를 일반학교에 넣으려고 시도했지만 실패하고 말았다. 어쩔 수 없이 그녀는 어려서부터 집에서 멀리 떨어진 특수학교를 다녔다. 졸업 후에는 전자제품 회사에 들어가 휴대폰 액정유리를 닦는 일을 했다.

반복적인 노동이 너무 지겨워서 얼마 안 돼 샤오옌은 직장을 나왔다. 그리고 이 90년대생 아가씨는 1200북숍에 들어오기 전까지 한참을 좌충우돌하며 지냈다. 청각장애인이 할 수 있는 일은 많지 않았다. 그녀의 친구들 중 누구는 인터넷쇼핑몰을 차렸고 누구는 디자인 일을 했으며 교사는 운이 좋아야 될 수 있었다. 그녀는 자기가 서점의 일원이 될 것이라고는 한 번도 생각해 본 적이 없었다.

처음에는 실수가 잦았다. 그녀가 주로 하는 일은 서빙과 설거지, 테이블 정리, 손님의 주문을 돕는 것이었다. 테이블마다 "우리 서점에는 청각장애인 직원이 있습니다"라는 표시가 있기는 했지만 모든 손님이 완전한 문장으로 주문 사항을 적어 주지는 않았다. 그녀는 이가 빠진 문장을 보며 머리를 굴리다가 정 이해가 안 가면 직접 가서 손님에게 물어봐야 했다. 하루에도 수백, 수천 개의 컵을 닦고 수많은 손님과 접촉해야 하는 일은 사회 경험이 많지 않은 샤오옌에게 벅찬 도전이었다. 처음에는 종종 할 일을 까먹거나 틀린 메뉴를 가져다주곤 했다.

　더군다나 손님들이 모두 다 호의적인 것도 아니었다. 어느 날 밤, 술에 취한 남자가 음료 주문을 받으러 온 그녀에게 계속 떠들기만 하고 글로 이야기 나누는 것을 거부했다. 그는 그녀가 청각장애인이라는 것을 믿지 않고 장애인 등록증을 보여 달라고 요구했다. 결국에는 점장이 달려와 그 주정뱅이를 쫓아내야 했다. 점장은 화나고 풀이 죽은 샤오옌에게 "제 할 일을 잘했으니 괜찮아요"라고 다독여 주었다.

　이제 2년 가까운 시간이 흘렀다. 샤오옌과 다른 청각장애인 직원은 손님들과 원활하게 의사소통을 한다. 종이에 글을 써서 대화를 하기 때문에 효율은 좀 떨어지지만 다들 충분히 두 사람을 기다려 주고 배려해 준다. 나는 이 점이야말로 두 사람이 성실히 일하는 것과 불가분의 관계라고 생각한다. 예를 들어 샤오옌은 직원들에게 간단한 수화를 가르쳐 주었고, 요긴한 말을 카드로 준비해 두었다가 필요할 때 손님들에게 보여 줘 주문을 돕는다. 『표정의 독심술』이라는 책을 읽으며 다른 사람의 표정을 살피는 법도 익힌다. 그래서 상대방이 눈썹을 찌푸리면 바로 다른 행동을 취한다. 이따금 실수를 하면 혀를 내밀고는 "제가 가끔

잊어 먹는 일이 있으니 꼭 지적해 주세요"라고 종이에 써서 보여 준다. 그녀는 남이 신경 못 쓰는 부분을 잘 헤아릴 줄 알기에 모두와 사이좋게 지낸다. 모두가 그녀의 트레이드마크인, 입술을 내밀며 짓는 초승달 눈웃음을 기억한다.

우리가 보기에 그녀는 다른 90년대생들과 별로 다르지 않다. 히가시노 게이고의 『나미야 잡화점의 기적』을 좋아하고 잭 케루악의 『길 위에서』를 읽으며 미래의 어느 날, 바깥 세계를 보러 갈 수 있기를 꿈꾼다. 안정적인 일자리를 가진 것에 만족하면서도 언젠가 승진하고 싶다는 작은 야심도 있고, 연애도 좀 하라는 엄마의 채근에 조바심도 내고, 엄마의 건강 문제로 걱정도 하고, 가끔씩 소소한 일탈을 하고 싶어 심야영화를 볼 마음을 품는다. 하지만 퇴근이 늦고 집도 멀어서 줄곧 시간을 못 내고 있다.

✦

우리 서점에서 장애인 직원을 모집한다는 소문이 퍼져, 장애인 몇 명이 찾아와 면접을 보았다. 지금 1200북숍의 모든 지점에서는 청각장애인 직원이 일하고 있다.

그들에게 취업의 기회를 제공한 것은 내게는 작은 수

고에 불과했다. 사실 우리 서점으로서는 별로 희생한 것이 없다. 솔직히 말해 이를 위해 큰 대가를 치러야 했다면 나는 결코 이런 일을 벌이지 않았을 것이다. 하지만 치러야 할 대가가 적고 누군가에게 큰 도움이 된다면 앞으로도 이런 일을 하고 싶다.

이는 지나가는 노인을 부축해 길을 건너는 것과 같다. 나는 1-2분의 시간을 더 쓰겠지만 나와 노인 그리고 나를 보는 사람까지 모두가 기분이 좋아진다. 소파 하나를 배낭족에게 제공하는 것도 마찬가지다. 나는 그를 접대하느라 조금 번거롭긴 하겠지만 낯선 이의 우정과 이야기를 선물로 받을 것이다. 길가에서 떨고 있는 부랑자에게 헌 옷을 주는 것도 똑같다. 나는 옷을 정리하고 세탁하느라 시간이 들겠지만 다른 사람을 따뜻하게 해 준 덕에 나도 따뜻한 기분을 느낄 것이다.

이런 일들이 내가 생각하는 사소한 수고이며 우리 서점에서 하는 일도 똑같은 이치다. 1200북숍에서 베푸는 선의와 온정 때문에 많은 이들이 나를 착한 사람으로 잘못 알고 있다. 그렇게 도덕적으로 높은 평가를 받으면 나로서는 영 난처하고 적응이 안 된다. 사실 나는 착한 일을 한 적도 있고, 나쁜 일을 한 적도 있는 사람이다. 길거리의 개를 거둬 서점에서 기르기도 하지만 완력으로 일부 손님을 쫓아낼 수도 있고, 따스한 글을 쓸 줄도 알지만 야한 시를 쓸 줄도 안다.

이야기가 조금 빗나갔다. 작년 1200북숍의 연례 모임은 직원 숫자가 많이 늘어나 분위기가 꽤 시끌벅적했다. 하지만 유감스럽게도 청각장애인 직원들은 아직 하나로 녹아들지 못했다. 그들은 휴대용 메모판을 이용해 옆의 동료들과 소통했지만 확실히 글을 쓰는 속도는 사람들이 웃고 떠드는 리듬을 따라가지 못했다. 그래서 대부분의 시간을 멍하니 구경만 하고 있을 수밖에 없었다.

나는 속으로 조금 미안한 마음이 들었다. 그래도 다행히 올해의 우수사원을 뽑는 익명 투표에서 샤오옌이 최다 득표를 했다.

나는 그녀에게 상과 상금을 주면서 꿈이 뭐냐고 물었다.

"세계를 돌아다니고 싶어요. 바다도 보고 싶고요. 또 하나, 저도 서점을 열고 우리 서점의 라떼 같은 개를 키우고 싶어요. 서가에 제가 좋아하는 책도 잔뜩 꽂고요."

나는 또 물었다.

"만약 다른 사람의 말을 들을 수 있다면 가장 먼저 하고 싶은 일이 뭐죠?”

　　그녀는 전화를 거는 것이라고 말했다.

　　“엄마 아빠한테 전화를 걸어 말씀드릴 거예요. 두 분 목소리가 들린다고 말이에요.”

✦

서점에서 1년간 밤을 새운 부부

✦

새벽 1시가 넘었을 때, 나는 밤마다 무료 독서공간에 앉아 있는 아주머니 앞에 밀크티 한 잔이 놓인 것을 보고 깜짝 놀랐다.

그 아주머니는 최근 1년간 매일 밤 서점에 나타났지만 뭔가를 사 먹은 적은 한 번도 없었다. 직원에게 슬쩍 물어보니, 그날 그녀가 화장실에서 휴대폰을 주워 서점 카운터에 가져다주었는데 휴대폰 주인이 감사 표시로 음료수를 사 주었다는 것이었다. 그때 고마워서 어쩔 줄 몰라 하는 휴대폰 주인에게 그녀는 이런 말을 했다고 한다.

"고마워하실 필요 없어요. 휴대폰을 잃어버린 기분이

어떤지 저도 잘 아는데 당연히 찾아 드려야죠.”

그렇다. 반년 전 그녀도 서점에서 휴대폰을 잃어버린 적이 있었다. 당시 그녀는 흥분해서 옆자리 남자가 휴대폰을 훔쳤다고 줄기차게 주장했고, 두 사람의 말다툼 때문에 잠깐 서점이 발칵 뒤집혔다. 나중에 감시카메라 영상을 통해 그 남자가 결백하다는 것이 증명되는 바람에 그 일은 바로 흐지부지되었다.

사실 서점에서 1년 내내 밤을 새우는 사람은 아주머니 혼자만이 아니다. 주로 문가 옆자리에 앉는 50대 남자도 있다. 그는 바로 아주머니의 남편으로 매일 저녁 그녀를 데리고 서점에 나타났다.

그 전까지 나는 그들과 이야기를 나눠 본 적이 없었다. 하지만 이번에는 내가 먼저 그 남자에게 인사를 하고 고마움을 표시했다. 그는 즉시 읽고 있던 『자치통감』을 내려놓고 일어나서 답례를 했다. 이어서 우리는 밖으로 나가 새벽 2시의 어둠 속에서 이야기를 나누기 시작했다.

그가 먼저 중난하이를 한 개비 꺼냈고 우리는 각자 담배를 피워 물었다. 보통 중난하이를 피우는 사람은 북방 사람이다. 하지만 내가 넌지시 물었을 때 그가 꺼내 보인 신분증을 보니 그는 1962년생으로 호적은 광저우 쌴위안리였다. 뜻밖에도 그는 진짜배기 광저우 토박이였다.

"제가 젊었을 때는 개혁개방의 기세가 한창 뜨거웠어요. 브레이크댄스와 나팔바지가 유행하던 시대였죠. 그때 저는 유행의 선두 주자였는데, 20대 초반에 싼위안리에서 미용실을 열었습니다. 아내는 활달한 열일곱 살 여고생이었어요. 집은 웨슈였지만 싼위안리에서 학교를 다녔죠. 마침 제 가게가 그 학교 옆에 있어서 아내는 늘 저한테 머리를 자르러 왔어요. 우리는 그렇게 서로 잘 알게 되었죠. 얼마 안 돼서 아내는 제 구애에 두 손을 들었고 졸업 후 자연스럽게 제 미용실의 여주인이 되었습니다."

걸음을 멈춘 적 없이 도시화가 빠르게 진행된 이 시대에 싼위안리는 이미 도시 속 빈민촌이 되어 버렸다. 하지만 그곳의 집 몇 채를 세 준 덕분에 그의 가족은 줄곧 부유하게 살았다.

"몇 년 전에 아내한테 이상한 증상이 생겼어요. 밤만 되면 불안해서 잠을 이루지 못하는 겁니다. 사방으로 의사를 찾아다니고 적잖이 약값을 날렸지만 끝내 방법을 못 찾았죠. 아내는 밤에 집에 있으면 너무 초조해했어요. 그래서 늘 데리고 바깥을 돌아다녔습니다."

그는 쓴웃음을 지으며 이야기를 이어 갔다.

"그러다가 신문 보도를 보고 1200북숍에 온 겁니다. 사실 몇 년 동안 밤새 돌아다니면서 아내는 유일하게 이곳에서 마음의 안정을 찾았어요. 그 뒤로 비가 오나 눈이 오나 찾아오게 되었죠."

그들은 보통 밤 11시에서 12시 사이에 서점에 와서 밤을 새우고 이튿날 9시에서 10시에 귀가해 정오까지 차를 마신 다음, 오후에는 다른 곳을 돌아다니다 또 귀가해서 집 정리를 한 뒤 다시 서점으로 돌아왔다. 아주머니는 서점에서 마음의 안정을 얻긴 했지만 독서로 기나긴 밤을 보내기는 힘들었다. 그녀는 늘 신문 한 부를 갖고 왔고 신문을 다 보면 그것을 테이블 위에 깔고서 손톱을 다듬었다.

"이런 상식에 안 맞는 무의미한 행동으로 마음의 병과 싸우고 있는 거죠."

아저씨는 고개를 절레절레 흔들었다. 나는 그에게 물었다.

"서점에서 두 분은 늘 떨어져 앉으시던데요. 이야기를 나누는 모습도 거의 못 봤고요. 왜 그러시는 거죠?"

"우리는 거의 24시간 붙어 있거든요. 할 말은 여기 오기 전에 다 마친 상태예요. 제가 할 수 있는 일은 아내가 제게 말을 하고 싶어 할 때 바로 상대해 주는 거죠. 그래서 늘 아내 근처에 있으려고 해요. 아내가 화장실에 갈 때도 데려다주고 문 앞에서 기다리고 있죠."

여기까지 말했을 때 우리는 벌써 담배를 다섯 개비나 피운 뒤였다. 나는 병의 고통에 사로잡힌 아내를 위해 장사도 자유도 포기하고 철저히 자기 삶의 리듬을 바꾼 그 남자를 물끄러미 바라보았다. 그의 핏발 선 두 눈 속에는 피곤한 기색이 가득했다. 나는 단도직입적으로 물었다.

"꼭 매일 그렇게 부인 곁을 지키며 밤을 새우지 않아도 되잖아요. 다른 방식은 없는 건가요?"

"이 사람은 제 아내니까요. 저는 제가 이래야만 한다고 생각합니다."

처음에 나는 위로의 말을 건네려 했지만 그의 말을 다 듣고 나니 아예 위로할 필요가 없다는 생각이 들었다. 그는 스스로를 위로하듯 말했다.

"우리 부부는 같이 살며 그리 큰 고생은 하지 않았어요. 아내가 병이 난 뒤에도 치료비를 날리고 미용실 문을 닫기는 했지만 임대료 수입이 있어서 아주 궁색한 정도는 아니고요."

그는 마지막으로 말했다.

"아마 이것도 운명이겠죠. 하늘은 시련을 내려 인생이

좀 더 공평해지게 하니까요."

　밤은 낮의 소음과 번잡함을 걸러 내므로 잠 못 이루는 사람과 잘 곳 없는 사람의 세계는 때로 거짓으로 느껴질 만큼 더 진실하다. 사실 병자가 어디 그 아주머니 한 사람뿐이겠는가. 낮의 우리는 다 가면을 쓰고 춤을 추는 이들이며 밤에도 수많은 이들이 궁지에 몰린 외로운 짐승이 된다.

　너무 많은 아내가 너무 쉽게 전처가 되고 마는 오늘날, 나는 정말 오랜만에 '아내'라는 단어에 담긴 깊은 의미를 느낄 수 있었다. 자리를 뜨기 전, 나는 벽 너머 소파에서 잠이 든 한 여성을 가리키며 그에게 말했다.

　"저 사람은 창업한 회사가 파산하자 남편과 이혼을 했어요. 지금은 갈 데도 없어서 매일 우리 서점에서 잠을 자죠."

라떼, 서점의 유기견

내가 라떼를 데리고 서점 근처를 한 바퀴 돌고 있으면 웃는 낯으로 다가와 인사를 하는 사람들이 꼭 있다.

"1200북숍에 계시는 분 맞죠?"

처음에는 상대방이 나를 알아본 줄 알고 내 인기에 내심 기쁨과 우려를 느끼곤 했다. 하지만 번번이 이런 말을 들었다.

"이 개를 알아요. 이름이 라떼지요, 아마?"

이제 나는 더 이상 헛물을 들이켜지 않고 알아서 상대방이 라떼와 기념사진을 찍게 해 준다.

라떼는 우리 서점 식구이며 나보다 더 유명한 인터넷

스타이다.

아마 2015년 3월이었을 것이다. 어느 날 밤, 나는 개를 키우는 꿈을 꾸었다. 그리고 이튿날 SNS에 어느 여성이 올린 글을 보았다.

"길에서 버려진 강아지를 데려왔는데 사정이 여의치 않네요. 좋은 분이 데려다 키워 주시면 좋겠어요!"

사실 강아지를 키우려면 마음의 준비가 꽤 필요하지만 그 꿈 때문에 나는 충동적으로 내가 키우겠다고 나섰다. 그러나 글을 올린 여성은 한발 늦었다고, 다른 남성이 벌써 강아지를 데려갔다고 말했다.

젠장, 꿈은 이렇게 늘 사람을 골탕 먹인다니까.

그런데 이틀 뒤, 그녀가 내게 연락을 취해 왔다.

"아직도 키우실 생각이 있나요? 그때 그 남자분이 강아지를 돌려보냈어요."

알고 보니 그 허약한 강아지가 계속 바닥에 설사를 하는 바람에 그 남자는 잘 돌볼 수가 없었다고 한다.

"잘 생각하고 결정하세요. 이번에는 한번 데려가면 돌려받지 않겠어요."

강아지에게 문제가 있다고 하니 조금 망설여졌다. 사실 강아지를 서점에서 키울 생각이어서 돌볼 사람이 직원들이기 때문이었다. 그들을 번거롭게 해서는 안 되므로 먼저 그들에게 의견을 물어봐야 했다.

다행히 그들은 나를 지지해 주었다. 그래서 나는 태어난 지 겨우 한 달쯤 된 그 병약한 암컷 강아지를 1200북숍 우산로점에 데려갔다.

새 식구가 생기자 다들 기뻐했다. 우리는 먼저 강아지에게 이름을 지어 주기로 했다. 온 직원이 한자리에 모여 강아지를 둘러싼 채 앞다퉈 아이디어를 냈지만 좀처럼 좋은 이름이 나오지 않았다. 결국 내가 멋대로 이름을 지으려고 할 찰나, 아카이라는 어린 친구가 불쑥 말했다.

"얘는 몸을 둥글게 웅크리고 있을 때 위에서 보면 꼭 라떼 같아요."

강아지 이름은 라떼가 되었다.

아카이는 라떼를 정성스레 돌봤다. 목욕을 시키고, 약을 먹이고, 함께 놀아 주었다. 그 덕분에 라떼는 장염이 나아 건강을 회복했고 서점 안에서 대소변을 가리는 방법도 배웠다.

당시 아카이는 우산로점에서 야간 근무를 맡고 있었다. 고요한 밤마다 그와 라떼는 서점 앞 계단에 나란히 앉아 수많은 밤을 함께 지새웠다.

함께 있어 주는 것이 가장 진실한 사랑이라면, 그때의 아카이는 라떼의 애인이나 다름없었다.

우산로점이 2015년 10월에 문을 닫아서 라떼는 톈허 북로점으로 거처를 옮겨야 했다. 그 바람에 생활환경이 크게 바뀌었다. 이곳은 대형 상가 안에 있어서 유동인구가 많고 드나드는 사람들도 매우 다양했다. 처음에 우리는 라떼가 새로운 환경에 적응하지 못해 상가 전체에 폐를 끼치지는 않을까 염려했지만 기우였다. 어려서부터 공공장소에서 지내는 것이 습관이 되어서인지 라떼는 낯선 사람과 마주쳐도 짖지 않는다. 상가 안에서 대소변을 본 적도 없고 손님을 놀라게 한 적도 없다.

비록 외국의 이름난 견종은 아니어도 라떼는 우아함이란 것이 뭔지 안다. 가게 안에 사람이 많을 때는 조용히 구석에 머물며 오가는 사람을 바라보고, 사람이 적을 때는 꼭 주인이 순시하듯 천천히 돌아다닌다. 그리고 자기를 귀여워하는 모든 사람과 함께 놀아 준다. 때로는 입구 앞에 자리를 잡고 쉬다가 아는 사람이 지나가면 꼬리를 흔들어 인사를 하거나 심지어 조금 바래다주기까지 한다.

라떼 덕분에 우리 서점은 금세 관광 명소가 되었다. 많은 사람들이 라떼와 놀고, 사진을 찍고, 옷과 간식과 장난

감을 선물한다. 어떤 사람들은 퇴근 후 일부러 서점에 들러 라떼를 데리고 밖에 나가 한 바퀴 산책을 하고 온다. 직원들도 하나같이 라떼의 매력에 빠졌다. 많은 직원들이 이직을 하고서도 계속 서점에 오는 이유 역시 오로지 라떼가 보고 싶기 때문이다.

라떼의 수많은 팬 가운데 늘 서점에 들러 라떼와 노는 젊은 여성이 있다. 그녀는 개를 좋아하지만 엄마가 개털 알레르기가 있어 집에서 개를 못 키우게 한다고 했다.

"우리 집 밑에 24시간 서점이 생기고 또 여기서 라떼를 만날 줄 누가 알았겠어요!"

그렇게 라떼는 그녀의 애견이 되었으며 서점은 그녀의 제2의 집이자, 또 중매인이 되었다. 어느 날 나는 이직한 지 벌써 오래된 아카이와 그 아가씨가 손을 잡고 라떼를 산책시키는 모습을 보았다. 라떼로 인해 두 남녀가 아무도 모르는 사이에 손을 맞잡게 된 것이다.

나는 무책임한 주인이 되고 말았다. 라떼가 모두의 애견이 돼 버리는 바람에 목욕과 산책까지 대신 해 줄 사람들이 생겼다. 그리고 나는 한 지점에만 머무를 수가 없어서 가끔씩 들러 놀아 주기만 할 뿐, 라떼를 위해 뭔가를 해 주지 못한다. 하지만 다행스럽게도 라떼는 나를 냉대하지 않고 내가 나타나기만 하면 펄쩍펄쩍 뛰고 내 말을 잘 따르며 나를 첫 번째 주인으로 대접해 준다. 라떼는 자기 목숨을 구해 준 은혜를 기억하는 것이 틀림없다.

나는 스트레스 때문에 기분이 안 좋거나 어디로 가야 할지 모를 때마다 텐허북로점에 간다. 라떼와 간단한 경주와 술래잡기 놀이를 하며 있는 소란, 없는 소란 다 떠벌인다. 나에게 라떼는 서점의 애견이자 마스코트를 넘어 훌륭한 치료약이자 친구이다.

24시간 서점의 방랑자

꼭두새벽에 연달아 울리는 메시지 알림음 때문에 잠이 깼다.

"얼시 형, 나 천수예요. 베이징에서 좀 말썽이 생겼어요."

나는 얼른 전화를 걸었다. 알고 보니 그는 베이징에서 며칠 엑스트라 일을 했는데 임금을 못 받는 바람에 업체와 한바탕했다는 것이었다. 그런 일은 내가 어떻게 도와줄 방법이 없어서 너무 흥분하지 말라고 다독거리기만 했다.

우리의 지난번 통화는 반년 전인 1월 28일, 그러니까 딱 설날에 이뤄졌다. 당시 나는 광저우에 없었고 그는 막

1200북숍에서 음력 섣달 그믐밤을 보낸 참이었다.

"서점을 떠나려고 해요. 다음 여정을 시작해야죠."

그는 이별의 시간을 일부러 새해 첫날로 잡아, 그것에 특별한 의미를 부여했다.

천수는 서점의 방랑자다. 그는 '방랑'이라는 단어를 전혀 꺼리지 않는다. 그가 보기에 방랑은 자신이 택한 한 가지 생활방식일 뿐이다.

✦

서점에는 별의별 사람이 다 있다. 특히 심야에는 경제적인 어려움으로 오갈 데가 없어 단기간 머무는 사람이 적지 않다. 시간이 꽤 흐르면서 나는 그들의 존재에 익숙해졌다. 그들은 날마다 똑같은 옷을 입고, 똑같은 구석에 앉아 있다. 대부분 말이 없고 다른 사람과 이야기하려 하지 않으며 자신의 상처를 들킬까 두려워한다.

천수는 달랐다.

그도 날마다 똑같은 옷차림에 발치에 커다란 검은색 배낭을 두고 있기는 했다. 그런데 어느 날 서점에서 심야 좌담회가 열리자 앞장서서 걸상을 배치하고 빔 프로젝터를 옮겼다.

그런 모습을 보자 호기심이 생겼다. 심야 좌담회가 끝나고 새벽 3시쯤, 나는 서점 앞 계단에 앉아 있는 그의 옆으로 가서 말을 걸었다.

"왜 날마다 서점에서 밤을 보내죠?"

그의 대답은 명쾌했다.

"저는 방랑하고 있거든요. 방랑은 저의 꿈이죠."

그 대답을 듣고 흠칫 놀랐다. 나도 한때 방랑의 꿈을 품은 사람이었다. 배낭을 짊어지고 터벅머리에 꾀죄죄한 몰골로 타이완 일주를 한 적이 있다. 나에게 방랑이란 호방하고 이상주의적 색채를 띤 행위이다. 하지만 도시에서의 방랑은 소극적이고 부정적인, 힘들고 갈 데 없는 루저나 하는 짓으로 간주되기 쉽다.

"올해 7월에 이렇게 직업 없이 떠도는 생활을 시작했어요. 11월에 날씨가 추워지는 바람에 따뜻한 곳에서 겨울을 날까 싶어 광저우로 왔고요."

그는 일부러 매일매일 한가하게 지내는 거라고 했다.

"바쁜 일이 있으면 어떤 사람을 잊기 쉽거든요. 제가 방랑을 택한 건 그녀를 기억하기 위해서예요."

이것이 왜 방랑을 택했느냐는 물음에 대한 그의 대답

이었다. 내가 들어 본 대답 가운데 가장 가슴에 사무치는 말이었다.

그때 그의 손에는 막 밖에서 사 온 만두가 들려 있었다.

"어서 드세요, 금방 식으니까."

내 말에 그는 두 개를 먹고는 벌떡 일어나 길가 쓰레기통 쪽으로 다가갔다. 그러더니 먹을 것을 찾아 쓰레기통을 뒤지던 여성에게 남은 만두를 다 건넸다.

"저는 벌써 한 판 먹었고요, 이건 싸 갖고 온 거예요. 저 여자분이 저보다 훨씬 배가 고플 것 같아서요."

나는 그렇게 참된 성정을 가진 친구를 알게 된 것이 기뻐 서점에서 맥주 몇 병을 들고 나오려 했다. 그런데 그가 먼저 배낭에서 휴대용 이과두주 한 병을 쓱 꺼냈다. 가을로 접어드는 광저우에서 나는 길가에 앉아 도시의 밤과 마주한 채 그 24세 청년의 이야기에 귀를 기울였다.

✦

푸젠에서 출발한 뒤, 천수가 첫 번째로 간 곳은 사오싱이었다. 그곳은 작가 루쉰의 고향이어서 꼭 들러 절을 올리

고 싶었다. 사오싱을 떠날 무렵, 푸젠에서 들고 온 500위안은 벌써 거의 바닥났지만 결코 그의 발걸음을 방해할 수는 없었다. 그 여행길에서 천수는 이미 다른 방랑자들로부터 적잖은 경험을 전수받았다. 예를 들어 맥도널드에서는 사람들이 먹다 남긴 치킨, 콜라, 감자튀김을 쉽게 구할 수 있었다. 그의 결론에 따르면 특히 주목할 만한 이들은 두 부류로 나뉘었다. 첫 번째 부류는 연인이었다. 그들은 음식이 남아도 싸 가는 것을 부끄러워했다. 두 번째 부류는 잘 차려입은 화이트칼라 여성이었다. 먹는 속도는 느리지만 이미지 때문에 손에 뭐가 묻는 것을 꺼려서 항상 감자튀

김을 많이 남겼다.

"한동안 감자튀김을 너무 먹어서 살이 많이 쪘어요."

맥도널드가 숙식 문제를 해결해 줬지만 그래도 쓸 돈이 좀 필요하면 그는 공항에 갔다. 세관에 들어가기 전에 승객들이 버린 라이터를 주워 입국장 앞에서 팔면 수입이 꽤 짭짤했다. 이런 생존 기술을 발휘하고 적절히 무임승차까지 병행하여 그는 저장성 일대를 다 돌고 윈난성으로 넘어가 리장과 샹그릴라를 구경한 뒤, 다시 싼야와 구이린으로 갔다. 그리고 광저우에 오기 전에는 독서가 취미이기 때문에 인터넷에서 광저우의 서점을 검색하다가 밤을 보낼 수 있는 서점을 발견했다. 그는 지하철에서 내리자마자 곧장 1200북숍을 찾았다.

마지막 술잔을 다 비운 뒤, 조금 알딸딸해진 나는 입을 쓱 닦으며 그에게 말했다.

"며칠 있다가 형님 한 분을 소개해 드릴 테니 함께 술이나 마십시다. 방랑 생활 선배예요."

✦

천수의 짧은 방랑 이력과 비교하면 리 형님은 대선배

라고 할 수 있었다. 천수가 처음 1200북숍에 발을 디뎠을 때, 타이완 출신의 리 형님은 광저우를 떠돈 지 벌써 15년째였고 우리 서점에서 머문 기간만 거의 2년이었다. 그는 광저우에 있는 24시간 맥도널드의 분포 상황과 어느 지점이 잠자기에 더 편한지 꿰고 있었다. 겨울에는 어디로 가야 뜨거운 물로 목욕이 가능하며, 어느 병원 세탁부의 세탁기를 무료로 쓰고 건조까지 할 수 있는지도, 나아가 어느 육교 밑이 잠들기 편하고 자기 친구들이 다 어느 모퉁이에서 자고 있는지도 알았다. 그는 오드콜로뉴 향수를 쓰는 방랑자로서 다른 이들보다 훨씬 우아하게 살았다.

어느 주말 저녁, 나는 천수를 데리고 텐허북로점에 갔다. 그곳은 리 형님의 장기 서식처였고, 서점 구석에 놓인 소파는 이 도시에서 그가 확보한 고정 침대였다. 리 형님이 특별히 진 한 병을 사 와서 우리는 문 앞의 테이블에 둘러앉았다. 그 두 사람은 닭띠였는데 예순인 리 형님이 천수보다 무려 36살이 많았다. 같은 처지가 나이 차를 해소시켜 그들은 바로 망년지교가 되었다.

실컷 한번 취해 보려는데 리 형님 때문에 제동이 걸렸다. 이튿날 일찍 어느 미대에 가서 스케치 모델이 돼야 한다는 것이었다. 모델 일은 그가 가장 좋아하는 일이었다.

하루에 여섯 시간만 앉아 있으면 100위안 넘는 수입이 생겼다. 리 형님은 천수에게도 그 일을 적극 추천했지만 바로 거절을 당했다.

"형님, 저는 성미가 급해서 그렇게 오래 못 앉아 있어요!"

리 형님은 알아서 빠져나갈 구멍을 만들어야 했다.

"됐다, 됐어. 모델을 하려면 노련해야 하고 주름이 많으면 많을수록 좋지. 너는 첫 번째 조건에만 부합해."

리 형님이 지닌 갖가지 기상천외한 생존 기술 가운데 스케치 모델 일은 최근 몇 년 새에 생긴 것이었다. 그 전에 그는 광저우동역에서 호객 일을 하기도 했다. 옛날에 일할 때 배운 영어를 사용해 광저우 중국무역박람회에 참가하러 온 외국인들에게 호텔을 소개했고 한동안 그 수입이 꽤 많았다.

배경도 성격도 전혀 다른 두 사람은 그렇게 만났다. 둘다 방랑자였지만 사는 방식이 달랐다. 천수는 아침이면 팡위안빌딩 쪽 골목에 가서 찐빵 두 개를 사 먹었다.

"한 개에 1.5위안인데 엄청 커요!"

이어서 점심은 건너뛰고 저녁에는 월마트에 가서 3위안짜리 도시락을 사 먹었다.

"밥이 많아요. 밥 퍼 주는 사람이 저한테는 반찬을 좀 더 주기도 하고요."

리 형님은 많이 달랐다.

"아침은 죽과 달걀과 돼지고기국수야. 포장해서 맥도널드로 돌아가 먹고 조금 쉰 다음에 도로 잠을 자곤 해. 맥도널드 수바오예로점은 아주 격조가 있지. 물론 KFC도 좋아해, 콰이어트quiet하니까."

"그러면 서점에는 왜 오시는 거죠?"

"이래 봬도 대학 때 신문방송학을 전공해서 신문 보는 걸 좋아하거든. 『남방도시보』에서 이 서점을 칭찬한 걸 봤는데 그 이유도 역시 '격조'더군."

금세 연말이 다가왔다. 서점에서 송년음악회를 열게 되어 나는 그들도 초대했다. 두 방랑자는 서점에 모인 피 끓는 문예 청년들과 함께 2017년으로 들어섰다. 음악회가 끝난 뒤, 다들 흥이 식지 않아 같이 주강으로 일출을 보러 가기로 했다. 우리는 날이 밝기 직전까지 이야기를 나누다가 칠팔십 명이 한꺼번에 떼를 지어 레이더대교까지 호호탕탕 걸어갔다. 두 방랑자도 다른 이들처럼 새해의 첫 번째 햇빛을 향해 자신들의 신년 소망을 외쳤다.

그날 이후, 두 방랑자는 사람들에게 제법 얼굴이 알려

졌고 서점의 손님들과 친구가 되었다. 점점 더 많은 사람이
두 사람의 이야기를 듣고 싶어 해서 나는 그들을 서점의 심
야 좌담회에 게스트로 초대했다.

우리 서점의 101번째 심야 좌담회는 밤 12시에 정확히
시작되었다. 청중이 많아서 서점이 꽉 찼다. 서점에서 두
방랑자의 이야기를 듣게 되리라고 생각한 사람은 아무도
없을 것이었다. 좌담회가 끝났지만, 아직 성이 차지 않은
사람이 많아서 밤을 새우며 그들의 이야기를 더 듣기로 결
정했다.

밤을 새우기로 한 장소는 세븐일레븐 앞이었다. 이미

새벽 3시가 넘은 시간이었다. 천수가 가게에 들어가 삶은 달걀 몇 개를 사 왔고 리 형님은 또 진 한 병을 사 들고 와서 몇 모금 마신 뒤, 휴대폰을 꺼내며 말했다.

"음악 좀 틀게요."

첫 번째 곡은 로이 클라크의《Yesterday When I was Young》이었다. 그 오래된 노래에 분위기가 확 바뀌고, 우리는 두 사람의 과거로 끌려 들어갔다.

✦

천수는 푸젠성 닝더의 시골 마을에서 태어나 고등학교 때까지 길거리를 다니며 내내 주걸륜의 노래만 들었다. 그러다가 2010년에야 인터넷을 알았는데 그 전까지는 옛 성현의 책만 읽고 바깥 세계가 책에 쓰인 세계처럼 아름답다고 믿는 모범생이었다. 당시 그는 수도 없이 자신의 미래를 꿈꿨다. 바다와 나무와 농구장이 있는 도시로 가서 카페에서 일을 하다가, 저녁에 길을 걷다 우연히 한 여자와 마주쳐 고백을 하고는 함께 살아갈 줄 알았다.

그러던 어느 가을날, 천수는 마음속의 소녀와 마주쳤다. 교복 같은 초록색 옷과 하얀 신을 착용한 그녀는 그에게 맨날 노트를 빌려 달라고 하는 다른 여학생들과는 달랐다. 온몸에 문신이 있었으며 밤에 기숙사에 안 가고 PC방에 갔다.

당시 그는 고등학생이고 그녀는 중학교 1학년이었는데 학교가 한 울타리 안에 있었다. 그 후로 이 모범생은 툭하면 수업을 빼먹고 운동장에 나가 그녀가 체육 수업을 받는 것을 지켜봤으며, 금요일에는 정류장에서 집에 돌아가는 그녀를 눈으로 배웅했다. 일요일에는 아침 7시에 일어나 빵 두 개와 생수 네댓 병을 사서 온종일 수십 킬로미터를 걸어 그녀의 집 근처까지 가서 그녀가 학교로 돌아가는 것을 배웅했다. 그렇게 고등학교를 졸업할 때까지 그녀를 쫓아다녔다. 고백할 기회가 없지는 않았지만 끝내 그녀에게 말 한마디 하지 못했다.

고등학교를 졸업하자 그녀를 만날 일이 없었다. 일을 하면서도 그녀 없는 날들을 견딜 수 없던 그는 결국 방랑에 나섰다. 방랑은 그가 그녀를 기억하기 위해 택한 방식이었다.

그런데 리 형님은 천수와는 정반대의 사연을 갖고 있었다. 지금 천수의 나이일 때 그는 "1년에 사장을 24번 바꿔 가며" 곳곳을 떠돌고 또 곳곳에서 인생을 즐겼다. 오피

스텔에 투자를 하고 컴퓨터 메인보드를 만들어 팔았으며, 가라오케를 열어 직접 "뜻밖의 놀라움, 뜻밖의 기쁨!"이라는 광고 카피를 만들기도 했다.

그는 타이완 아리산 기슭에서 태어나 외아들로 자랐다. 부모는 과일 장사를 하느라 바빠서 그를 거의 돌보지 못했다. 초등학교 5학년 때 할아버지가 별세한 뒤로 집 안에는 줄곧 그 혼자뿐이었다. 두 달 동안 영화를 70편이나 본 적도 있고, 밤을 새워 가며 프랑스 실존주의 철학과 브리태니커 백과사전을 읽고 일제 라디오로 팝송을 들었다. 공부에 취미가 없고 끈기도 없었지만 기억력이 출중해서 뭔가에 꽂히면 꼭 끝장을 보았다.

그는 대학을 중퇴하고 사회에 뛰어들었다. 타이베이 힐튼 레스토랑의 종업원 일을 시작으로 더 랜디스 호텔과 뱅커스클럽에서 일했으며 나중에는 한 독일인과 바바리아 스타일의 레스토랑을 차렸다. 힐튼 레스토랑의 유니폼은 위엄 있는 스페인 투우사 복장이었고 뱅커스클럽 안에는 거장 치바이스의 그림이 걸려 있었다. 더 랜디스 호텔 내 '파리 1930' 레스토랑의 샹파뉴 와인은 파리에서 공수해 온 것이었다. 당시 그 레스토랑의 피아니스트는 그를 보면 꼭 《Yesterday When I was Young》을 연주해 주었다.

하지만 이 모든 것이 어제의 일이 되고 말았다. 언제나 그를 돌봐 줬던 하늘이 갑자기 그에게서 관심을 거두었고, 그는 광저우에 왔다가 자기가 투자한 방직공장이 사람을 잘못 써서 원금도 못 건지게 되었음을 알았다. 지난날 힐튼에서 즐기던 에스프레소와 등심스테이크와 푸아그라가 그렇게 연기처럼 사라졌다. 2002년, 그의 은행계좌에는 겨우 9마오*가 남아 있었다. 그는 4마오를 찾아 찐빵을 사 먹었고, 이튿날에는 5마오를 마저 찾았다. 나중에 증명서까지 다 분실한 뒤에는 아예 타이완으로 돌아갈 생각을 접었다.

"뜻밖의 놀라움, 뜻밖의 기쁨!"이라는 리 형님의 광고 카피는 지금 돌아보면 대단히 의미심장하다. 운명은 누구도 편애하지 않는다. 그날 진 몇 잔을 들이켜고 나서 리 형님은 계속 똑같은 말을 중얼거렸다.

"옛날에 125시시 오토바이에 두 딸을 태우고 타이완 일주를 한 적이 있어. 그때 걔들은 예닐곱 살 꼬맹이였지."

그는 타이둥의 해변에서는 딸들에게 노래를 불러 줬고, 가오슝의 맥도널드에서는 봉지에 맥너겟이 몇 덩이 들어 있나 내기를 했다. 딸들은 아빠가 지면 간지럼을 태울 거라고 했다.

---

*1위안의 10분의 1.

당시 그의 아내는 그와 이혼하기로 결정한 상태였다. 그가 타이완을 떠나 중국에 온 뒤로는 딸들과의 연락도 끊어져 버렸다. 그는 심지어 딸들이 나중에 누구와 결혼했는지도 몰랐다.

"타이완 넓이가 3만6천 평방킬로미터라지. 나는 얼시 자네가 쓴 타이완 여행기를 보고서야 타이완이 그만하다는 것을 알았어."

운명은 천수를 편애하지도 않았다. 그가 대학을 졸업하고 고향에 돌아와 기운차게 맥주 판매 일을 하고 있을 때, 어느 날 익숙한 뒷모습을 보았다. 바로 그녀였다. 머리를 염색하고 어린아이의 손을 잡고 있었다. 그 아이는 어눌하게 "엄마, 엄마" 하고 불러 댔다.

그날 심야 좌담회의 생중계 영상을 보고 누군가 "코미디보다 더 웃겨요"라고 평했다. 그날의 모임을 마무리 지을 때 천수는 내게 말했다.

"희극의 핵심은 비극이죠. 제가 요즘 가장 좋아하는 건 주성치 영화랍니다."

✦

새해가 되면서 그들은 무척 바빠졌다. 리 형님은 모델 일을 하느라 바빴고 천수는 책을 읽느라 바빴다. 천수는 책을 읽고 나면 주장신도시에 가서 햇빛을 쬐곤 했다. 그들은 서점에서 더 많은 친구를 사귀었다. 늘 누군가가 그들을 찾아와 이야기를 나누거나 주강 기슭에 나가 함께 술을 마셨다.

지금 서점 구석의 소파는 완전히 리 형님의 집이 되었다. 그는 자기 짐을 그곳에 장기간 놓아둔 채 직원들에게는 방해하지 말아 달라고 했다. 자기가 카페 자리를 오래 차지하고 앉아 아무것도 안 사 먹더라도 말이다.

천수는 아직도 여행 중이다. 그가 SNS에 올리는 사진은 예나 다름없이 흑백사진인데 분위기가 쓸쓸하면서도 비장해 보인다.

"두 분은 방랑의 과정에서 어떤 시련을 겪었나요?"

그날 심야 좌담회에서 가장 많이 나온 질문이었다. 그들은 말을 아꼈다.

"뭐라 말하기 힘들군요. 여러분이 방랑을 시작하면 스스로 알게 될 겁니다. 큰일이 눈앞에 닥쳐도 계속 살아가야 하고 어떻게든 방법은 있게 마련이니까요."

방랑은 그들에게 단지 하나의 살아가는 방법이자 선

택일 뿐이다.

✦

텐유, 서점의 어린 자원봉사자

✦

자기소개서

존경하는 1200북숍 담당자 분께

저는 텐유라고 해요. 호주 멜버른에서 왔고 지금은 광저우
시 둥산실험초등학교 3학년에 다니다가 휴학하고 집에 있
어요. 저는 책 읽기를 좋아하고 다른 사람과 사귀는 것도
좋아해요. 그래서 1200북숍에서 일을 도와드리며 책과 함
께하고 싶고, 여러분과 함께하고 싶어요.

저는 전에 아주 훌륭한 서점에서 여름방학 자원봉사를 한
적이 있어서 어느 정도 업무 경험도 있어요. 제 경험으로

여러분을 도우면서 즐거움도 드리고 함께 지식을 쌓고 싶답니다.

잘 부탁드려요!

리텐유 올림

2017. 3. 6

오늘 아침, 아룽이 내게 문자를 보냈다.

"텐유가 일어나자마자 오늘이 당신의 날이래."

나는 의아해서 그게 무슨 소리냐고 답장을 보냈다.

"오늘은 6월 2일이니까 기쁠 희囍와 합치면 '류얼시'* 잖아. 당신 이름과 발음이 같지. 그래서 당신의 날을 축하한대."

이런 맹랑한 녀석 같으니.

텐유는 1200북숍의 어린 자원봉사자다. 매주 화요일 마다 와서 하루 종일 일한다. 이 귀엽고 똘똘한 꼬마는 금세 인터넷 스타가 돼서 그 애를 보러 일부러 화요일마다 서점에 오는 여성 팬까지 생겼다. 어제는 어린이날이라 꽤 여러 명이 선물을 갖고 서점에 들렀지만 안타깝게도 그 애를 만나지 못하고 돌아갔다. 공교롭게도 텐유가 친선 축구경기에 나가려고 휴가를 낸 날이었기 때문이다.

---

* 六과 二와 囍는 중국어 발음으로 각기 '류', '얼', '시'이다.

처음 서점에 출근했을 때 톈유는 여덟 살이었는데 지금은 아홉 살이다. 서점에서 자원봉사자로 일한 지 벌써 반년이 되었다. 정식으로 일하기 전, 그 애는 진지하게 자기소개서를 써서 보냈다.

물론 그 자기소개서가 아니었어도 그 애는 문제없이 우리 서점에서 일했을 것이다. 반년 전에 내가 그 애 엄마에게 약속한 일이었기 때문이다. 그때는 설 연휴였고 나는 특별히 몇몇 고마운 친구들에게 새해 메시지를 보냈는데 톈유의 엄마 아룽도 그중 한 명이었다.

그녀는 내게 긴 답장을 보냈다.

"얼시, 먼 곳에서 축복을 해 줘서 고마워. 당신과 당신 가족도 새해 복 많이 받기를! 광저우에서 당신과 당신의 서점을 알게 되어 정말 다행이야. 비록 자주 가지는 못하지만 멀리 해외에 있는 친구들도 SNS를 통해 광저우에 내가 좋아하는 1200북숍이라는 서점이 있다는 것을 다 알고 있어. 듣자하니 조만간 베이징로에 새 지점을 연다면서? 많이 기대하고 행운을 빌게!

내 새해 계획은 톈유를 휴학시키는 거야. 그렇게 되면 걔를 일주일에 하루씩 서점에 자원봉사자로 보내고 싶어. 책도 나르고, 정리도 하고, 청소도 하게 해 줘. 서점에 폐를 끼치는 게 아니었으면 좋겠어.

　우리 가족은 당신을 너무 좋아하고 텐유 이 녀석도 나중에 크면 얼시 당신처럼 다채로운 인생과 넉넉한 마음을 가졌으면 해."

　나는 당연히 그녀의 청을 수락했다. 과거에 삐딱한 아가씨였던 아룽은 사랑을 위해 앞뒤 안 가리고 멀리 호주에서 결혼을 하고 멜버른에 자리를 잡았다. 그러다가 3년 전, 연로한 부모님을 모시기 위해 세 식구가 중국에 돌아와 광저우에서 생활하기 시작했다. 그런데 오랜 시간이 지났는데도 아룽의 삐딱한 기질은 전혀 변하지 않았다. 그녀는 텐유가 배우는 국어 교과서가 여전히 공허한 설교투성이여서 자기가 배우던 때와 거의 똑같고 가르치는 방식도 차이가 없다는 사실을 발견했다. 비판과 징벌 위주의 교육 방식도 옛날 그대로였다. 경직되고 케케묵은 교육제도 속에서 이미 1학년 때부터 텐유는 숙제를 제대로 하지 못했다. 어쩔 수 없이 아룽이 대신 해 주는 일이 잦았는데, 그게 선생님에게 딱 걸려 교무실로 불려가야만 했다. 그때 그녀는 그 학교와 인연을 끊기로 결심했다. 텐유의 휴학 처리를 마치면서 아룽은 이번에는 삐딱한 엄마가 되었고, 텐유는 명문 초등학교 3학년 학생에서 학교 밖 아이가 되었다.

그 뒤로 매주 화요일 아침 9시면 톈유는 1200북숍 톈허북로점에 나타났다. 새로운 환경에서 그 애는 무척 즐거워했다. 첫날 근무를 마치고 그 애는 청각장애인 직원들에게 수화를 배운 것이 그날의 가장 큰 수확이라고 말했다.

"누나들과 얘기를 할 수 있게 됐어요."

두 번째 날에는 금전출납기 사용법을 배웠다. 톈유는 서점에 오자마자 작은 걸상을 가져와 금전출납기 앞에 서더니, 자기가 이미 독학으로 중학교 대수학을 배우고 있다고 했다. 그 애는 자신의 재정 관리 능력을 입증하기 위해 책가방에서 중학교 수학 문제집과 연습장을 꺼내 내게 보여 주었다. 연습장 안에는 막 풀어 낸 계산 과정이 빼곡하게 적혀 있었다.

'누가 황소자리 아니랄까 봐 계산에 밝군.'

톈유는 자신의 실무 능력을 너무 높게 평가했다. 손님이 셰닝치* 한 잔을 주문하자 그만 얼어 버렸다. 글씨를 못 알아보았기 때문이다. 돈을 거슬러 줄 때도 말을 더듬었다. 다른 직원이 자기 대신 계산해 주자, 그 애는 조금 겸연쩍은 눈빛으로 나를 보았다.

"계산할 줄 알거든요. 그냥 좀 피곤해서 그랬어요."

나중에 커서 뭐가 되고 싶으냐고 묻자 톈유는 과학자

---

* 소금에 절인 레몬 조각을 세븐업 사이다에 넣어 만든 음료.

가 되겠다고 했다. 그 애의 책가방 속에는 영어로 된 화학 실험 교재 한 권과 어디를 가든 꼭 갖고 다니는 노트가 있었다. 표지에 '과학 노트'라고 적힌 그 노트 안에는 갖가지 실험 순서도가 그려져 있었다. 작문 노트도 있었는데 그것은 아룽이 준 숙제였다. 문제를 보니 이 꼬마 과학자는 시도 때도 없이 우주적인 문제를 사유해야 할 듯했다.

"시간과 공간은 네게 무엇을 의미하니?"

아마도 공간은 차가운 겨울밤에 뭇 별이 반짝이는 광활한 하늘인지도 모르고, 성조기로 감싸인 채 금빛 꼬리를 내뿜는 로켓이 늠름한 우주비행사를 기다리며 외롭게 돌고 있는 위성 궤도인지도 모른다.

지금 꼬마 과학자가 주로 하는 일은 서점 안에 마구 놓인 책과 상품을 제자리에 놓는 것이다. 나는 그 임무를 맡기며 처음에는 그 애가 딴전을 피우느라 그 임무를 소홀히 하지는 않을까 염려했다. 하지만 그 애는 몇 주 만에 완벽하게 자기 일을 파악했다.

"두 곳이 제일 잘 어질러져요. 들어오자마자 오른쪽 책꽂이하고요, 또 저기예요."

텐유가 가리킨 곳은 팬시상품이 놓인 진열대였다. 그 애는 서점을 한 바퀴 돌고 나면 직원을 도와 서빙을 하기도 했다. 허리에 무전기를 차고 조심조심 음료수를 날라 손님들을 즐겁게 했다. 손님이 없을 때는 컴퓨터 앞에 앉아 모니터에 뜬 글자를 하나하나 소리 내어 읽거나, 지치지도 않고 감시카메라 영상을 들여다보았다.

"타이완 책이 있는 저쪽에 앉은 사람은 아무것도 안 살 것 같아요."

휴학은 오히려 텐유의 호기심을 증가시켰다. 호기심의 대상에는 과학 지식뿐 아니라 아직 안 해 본 일과 안 본 책, 직원에게 남자친구가 있는지 없는지도 포함되었다. 점심시간에도 그 애는 한가할 틈이 없었다. 컴퓨터로 《세상을 구하는 사나이 빌 나이》라는 과학 동영상을 보며 거기 나오는 과학 실험의 순서와 결과를 자기 과학 노트에 쓰고 그려 넣었다.

다 보고 나서는 쪼르르 우리에게 달려와 설명을 했다.

"이거랑 저거랑 섞으면 기체가 발생해요. 엄마 화장품 가방에다 그 기체를 모았어요."

"네가 화장품 가방을 사용한 걸 엄마는 아니?"

"모르죠."

박수를 쳐 줄 청중이 생겨난 뒤로 그 애는 자물쇠가 달린 노트 두 권을 직접 만들고 직원들에게 자기가 필기한 내

용을 자랑했다. 서점을 돌고 나면 같이 다닌 직원에게 물을 권하기도 했다. 그 애는 그렇게 외톨이에서 한 조직의 막내가 되었다.

그 사이, 톈유는 컵도 깨 보았고 꾀를 부리고 말을 안 듣기도 했으며 책을 보다가 시간을 까먹기도 했다. 다른 한편으로는 어떻게 손님이나 직원과 의사소통을 하는지, 어떻게 머리를 써서 일을 완수하는지 배웠다. 또 어떻게 일로 돈을 벌어 자기가 원하는 물건을 사는지도 배웠다. 예를 들어 그 애는 『테오도르 그레이의 괴짜과학』이라는 책에 꽂혔는데 가격이 거의 60위안이었다. 그래서 한동안 토마토볶음밥만 시켜 먹으며 엄마가 준 점심값에서 5위안씩 남겼고, 그 돈을 착실히 모아 결국 그 책을 사는 데 성공했다.

우리 서점은 바람을 피하는 작은 항구처럼 그 애 내면의 자유로운 상상력과 창조력을 보호해 주고, 그 애가 수업시간에 못 배운 지식을 배우게 해 주었다. 하지만 이곳은 톈유가 잠시 거쳐 가는 정거장일 뿐이다. 아룽은 여름방학이 끝나면 그 애를 사립초등학교에 보낼 궁리를 하고 있다고 말했다.

톈유는 곧 서점을 떠날 것이다. 심지어 머지않은 장래에는 중국을 떠나 호주로 돌아갈 것이다. 하지만 어디를 가든 서점에서의 경험은 장차 그 애의 인생에서 아름다운 한 페이지가 될 것이다.

왜냐하면 텐유는 크면 멜버른에 우리 1200북숍의 지점을 차리겠다고 공언했기 때문이다.

서점의 씨앗이 벌써 그 애의 마음속에 싹을 틔웠다.

역자 후기
1200북숍, 광저우의 밤을 밝히는 여섯 개의 등불

　여기 류얼시라는, 인구 1500만 명의 대도시 광저우에 사는 30대 중반의 괴짜 청년이 있다. 몸집이 작고 비쩍 말랐으며 콧수염과 턱수염을 기르기 좋아하고 빵모자를 즐겨 쓴다. 사실 '류얼시'라는 이름은 가명이다. 그는 자신의 본명과 사생활이 알려지는 것을 꺼린다.

　본래 안휘성 출신인 그는 2003년 화난이공대학 건축과에 합격해 처음으로 광저우에 왔다. 그 대학 건축과는 전국 랭킹 5위의 명문 학과이므로 아마 그도 학창 시절에는 주변에서 알아주는 모범생이었을 것이다. 그 덕분인지 2008년 대학을 졸업한 후 그는 무난히 대형 국영기업에 건축디자이너로 취직했다. 하지만 금세 직장 생활에 염증이 났다.

　"건축디자인은 대부분 대단히 규율화된 업무여서 재미가 없더라고요. 내 건축의 욕구를 실현할 수가 없었어요."

결국 3년 만에 류얼시는 모두가 선망하는 그 기업을 나와, 집을 사려고 모아 뒀던 돈으로 동료와 함께 카페를 열었으며 1년도 안 돼 분점 하나를 또 냈다. 그런데 무슨 이유 때문인지 번창 일로에 있던 그 사업을 갑자기 동료에게 다 넘기고 타이완으로 석사 공부를 하러 떠났다.

"이렇게 계속 편안하게 가게 주인으로 살면 결국 '안락사'를 하게 될 것 같더라고요."

그 후, 2년간의 타이완 유학 생활은 새로운 인생 목표를 정하는 데 큰 도움이 되었다. 우선 그는 2013년 10월 1일부터 51일간 1200킬로미터를 걸어 타이완 섬을 일주했다. 그 과정에서 무상으로 하룻밤 잠자리를 제공해 준 여러 타이완인의 마음씨에 큰 감명을 받았다. 그리고 1995년에 처음 문을 열어 타이완의 문화 성지가 된, 타이베이 청핀서점 둔난점의 경영 방식에 시선이 끌렸다. 그 서점은 24시간 운영으로 열혈 독자의 지지를 얻는 동시에 생활용품점, 패션잡화점, 테마 식당을 겸하여 서점의 다원화 경영 모델이라는 아이디어를 그에게 선사했다. "비즈니스가 없으면 살아남을 수 없지만, 문화 없이 살아남고 싶지 않다"라는 청핀서점 CEO의 한마디도 그의 마음속에 깊이 파고들었다.

"24시간 서점은 어둠이 깔린 뒤, 그 도시에 등불과 머물 곳을 제공하죠. 일종의 위로이자 보호이기도 하고요. 타이베이에 그런 정신적인 등대가 있다는 것이 저는 너무 부러웠어요. 광저우에도 그런 곳이 있으면 얼마나 좋을까, 그런 생각이 들었죠."

그 생각은 자기도 모르는 사이에 류얼시의 마음속에서 익어 가기 시작했고 마침내 2014년 초, 중국에 돌아온 그는 SNS를 통해 광저우에 24시간 서점을 열기 위한 크라우드 펀딩을 개시했다. 그 결과는 놀라웠다. 광저우와 서점을 사랑하는 30명의 친구들이 무려 120만 위안(한화 약 2억 원)을 모아 준 것이다. 이를 바탕으로 그는 2014년 7월 8일 0시에 광저우 최초의 24시간 서점, 1200북숍을 출범시켰다. '1200'은 그가 1200킬로미터의 타이완 도보 일주를 해 낸 것을 기념해 지은 이름이었다.

2018년 4월, 류얼시는 어느 인터넷 매체의 인터뷰에 응했다. 1200북숍을 개업한 지 4년이 지난 이때, 그는 전직 건축디자이너이자 성공한 프랜차이즈 서점의 CEO로 제법 유명해져 있었다. 처음에 티위동로점 한 곳으로 시작한 1200북숍은 독특한 분위기와 경영 방식에 힘입어 여섯 곳으로 늘어났다. CNN에서는 광저우의 1200북숍을 난징의 셴펑서점과 함께 중국을 대표하는 양대 서점으로 선정하기도 했다.

그런데 여전히 빵모자와 수염을 포기하지 않고 후줄근한 캐주얼복 차림으로 카메라 앞에 앉은 류얼시는 성공한 CEO의 자신만만 분위기와는 거리가 멀었다. 그는 인터뷰어가 질문을 할 때마다 다소 시니컬한 태도로 자신의 생각을 직설적으로 이야기했다.

"지금 업계 상황은 어떤가요? 생존해 나가기가 어려운가요?"

"아주 어렵죠. 저는 운이 좋았고요."

"만약 손해가 나는 상황이 되면······."

그의 대답은 단호했다.

"손해가 나면 문을 닫아야죠."

이렇게 말하는 것을 보면 다행히 현재 1200북숍은 적자는 아닌 듯했다. 사실 1200북숍은 위험을 피하기 위해 처음부터 다원화 경영을 택했다. 기본적으로 서점의 절반은 식음료를 파는 카페 공간이며 지점이 위치한 장소의 특수성에 따라 심야식당이나 식물 판매점을 겸하기도 한다. 그리고 모든 지점은 기본적으로 유동 인구가 많은 중심가에 위치해 있다. 이런 경영 방식을 택하지 않았다면 출혈이 큰 24시간 영업 방식과 배낭족에게 제공되는 소파방의 운영을 유지하지 못했을 것이다.

류얼시의 시니컬한 대답은 계속되었다.

"서점의 미래 그리고 1200북숍의 미래는 어떤 모습일까요?"

"솔직히 그런 문제는 생각해 보지 않았어요. 어쨌든 서점엔 미래가 있다고 믿으니까요. 하지만 그 미래가 어떨지는 저도 모르겠습니다."

"그러면 대표님의 미래는 어떨 것 같나요?"

이런 질문을 이미 많이 받아 봤기 때문일까. 대답하기가 쉽지 않을 텐데도 그는 거침없이 말을 이어 갔다.

"이 서점을 경영하고 이 서점과 함께 있는 것이죠. 이게 저의 책임감이며 나아가 사명감 그리고 영광이기도 하지요. 저는 계속 이 일을 할 겁니다. 만약 이 서점이 더 이상

존재하지 않게 되면 그때가 바로 제 사명이 끝나고 정체성
이 바뀌는 때가 되겠죠."

그는 드물게 1초쯤 말을 끊고 딴 데를 보았다가 다시
입을 열었다.

"1200북숍은 문을 닫게 될 겁니다."

놀란 인터뷰어가 물었다.

"왜 그런 말씀을 하시죠?"

"사람이 언젠가 죽는 것과 마찬가지죠."

"그러면 대표님은 지금 본인이 잘할 수 있는 일이 뭐
라고 생각하세요?"

그는 마지막으로 말했다.

"이 서점이 저의 생각과 함께 앞으로 계속 나아가게
하는 겁니다."

류얼시는 끝까지 담담했고 추호의 흔들림도 없었다.

그는 자기가 말한 대로 1200북숍과 혼연일체가 되어
계속 앞으로 나아가고 있다. 그럴 수 있는 것은 1200북숍
이 그의 집이고 그의 모든 것이 속한 곳이기 때문이다. 그
는 광저우에 집도 차도 가족도 없다. 그에게 있는 것은 오
직 여섯 곳의 1200북숍뿐이다. 1200북숍의 모토는 처음

부터 "광저우의 밤을 위해 한 개의 등불을 켜는" 것이었다. 4년이 지난 지금, 그 등불은 여섯 개가 되었고 그 등불 아래에서 수많은 사람이 밤을 새우며 책을 읽고, 잠을 자고, 심야 좌담회를 열고, 이제는 독서 토론회까지 한다.

인터뷰 중간에 그는 이런 말도 했다.

"저는 우리 서점이 광저우의 자랑거리가 됐으면 합니다. 우리 서점 때문에 광저우를 사랑하는 사람이 많아졌으면 해요. 그것이 우리 서점과 우리 서점의 책들이 맡은 역할입니다."

"혹시 광저우 외에 다른 지역에도 서점을 내실 계획이 있나요?"

이 질문에 그는 바로 고개를 흔들었다.

"아뇨. 1200북숍은 광저우의 것입니다. 심지어 저도 광저우에 속한 사람이지요."

나는 이 책을 번역한 인연으로 올해 10월 광저우와 광저우의 것이자 광저우의 자랑임이 분명한 1200북숍을 방문할 것이다. 그리고 역시 또 인연이 된다면 1200북숍의 무료 독서공간에서 밤을 새우며 책을 읽다가, 새로운 이야깃거리를 찾아 그곳을 어슬렁거리는 류얼시에게 조심스레 악수를 청해 보려 한다.

　　2019년 여름
　　김택규

서점의 온도
: 따사롭게 또 서늘하게, 중국 광저우의 24시간 서점 사람들이 만들어 가는

2019년 9월 4일 초판 1쇄 발행

지은이	**옮긴이**
류얼시	김택규

펴낸이	**펴낸곳**	**등록**
조성웅	도서출판 유유	제406-2010-000032호(2010년 4월 2일)

주소
경기도 파주시 책향기로 337, 301-704 (우편번호 10884)

전화	**팩스**	**홈페이지**	**전자우편**
031-957-6869	0303-3444-4645	uupress.co.kr	uupress@gmail.com

	페이스북	**트위터**	**인스타그램**
	www.facebook.com/uupress	www.twitter.com/uu_press	www.instagram.com/uupress

편집	**디자인**	**마케팅**
전은재, 조은	이기준	송세영

제작	**인쇄**	**제책**	**물류**
제이오	(주)민언프린텍	(주)정문바인텍	책과일터

ISBN 979-11-89683-19-1 03820

이 도서의 국립중앙도서관 출판예정도서목록(CIP)은 서지정보유통지원시스템
홈페이지(seoji.nl.go.kr)와 국가자료공동목록시스템(www.nl.go.kr/kolisnet)에서
이용하실 수 있습니다.(CIP제어번호: CIP2019031779)